三國疑雲
卷
9
關山飛渡
水的龍翔 著

目錄

第一章

先見之明

高飛徑直走到篝火邊，大帳內十分的溫暖，他看司馬懿和樓班身上都披著羊毛大衣，便笑道：「你們可真是有備無患啊，別人都穿著單薄的衣服圍坐在篝火邊，你們兩個竟然已經披上了羊毛大衣，實在是有先見之明啊。」

天氣逐漸變得越來越嚴寒了，天空中彤雲密布，讓整個天空都變得十分陰霾，晌午剛過，忽然刮起一陣大風，西北朔風凜凜，不多時，天空中竟然降下了雪花。

轂城中的選手們，紛紛躲進了大帳，升起火堆，以供取暖。晌午的最後一輪選拔已經結束了，至於誰才是實至名歸的狀元，也讓這些人翹首以盼。

天色愈見陰暗，雪花有梅花那麼大，滿天飛舞，將轂城攪得一團糟。沒多久，地面便積起了雪，山如玉簇，林似銀妝。

三萬多參加文官選拔的人都沒有離開，他們依然住在轂城內外，這突如其來的一場大雪，讓他們始料未及，因為許多人穿著的都還是秋裝，本以為參加選拔不用多久功夫，沒想到會延誤十天左右。

現在無論是住在轂城裡的，還是住在城外營寨裡的，每個人都冷得瑟瑟發抖。

轂城西門外的一處軍營裡，樓班穿著一套羊毛織就的衣服坐在篝火邊，手裡拿著攪火棍不停地翻著篝火裡的煤炭，火星四濺，熱氣蒸騰，使得大帳裡暖烘烘的。

「仲達，這次選拔，狀元一定非你莫屬了，傳開後，估計全天下都會知道你司馬仲達的名字啦，我見皇上對你十分的青睞呢。」樓班看著坐在他對面正在烤火的司馬懿，笑著說道。

「皇榜沒有發布之前，一切都還是未知之數，皇上出的題太大，可給的時間才只有一炷香而已，如果再給我多一點時間，我一定會回答的盡善盡美。」司馬懿惋惜地說道。

樓班道：「呵呵，怎麼說你也是管寧、蔡邕、邴原三位丞相一起舉薦的，你若是還拿不了狀元，那三位丞相的臉上也無光啊。再說，皇上從一開始就對你青睞有加，你就放心吧，**這次狀元非你莫屬**。」

「那可未必！區區一個狀元，何足掛齒？以仲達之才，當狀元豈不是太屈才了嗎？」

大帳捲簾掀開，高飛披著一件厚實的羊毛大衣走了進來，頭髮、眉毛還有衣服上都沾滿了雪花。

他一進來，先拍掉身上的雪，掃視了一下大帳，笑著說道。

司馬懿、樓班見高飛獨自一人前來，急忙跪在地上，高聲拜道：「參見皇上！」

「都起來吧。」

高飛徑直走到篝火邊，大帳內十分的溫暖，他看司馬懿和樓班身上都披著羊毛大衣，便笑道：「你們可真是有備無患啊，別人都穿著單薄的衣服圍坐在篝火邊，你們兩個竟然已經披上了羊毛大衣，實在是有先見之明啊。」

「皇上，這都是仲達的主意，從薊城來的時候，便讓我把過冬的衣服給帶上，所以我們才沒有凍著。」樓班遞過來一張胡凳，用袖子擦拭了一番，這才讓高飛坐下。

「嗯，仲達聰明過人，能夠未卜先知，確實非常人啊。」

高飛一屁股坐下，不禁看了司馬懿一眼，可是卻怎麼也看不透司馬懿在想什麼。

「皇上，上午的考試，結果出來了嗎？」樓班焦急地問道。

「出來了，本來皇榜我已經讓人去公布了，只是現在外面下著暴風雪，便延遲了些許時辰，等雪停了再張貼出來。」

樓班興奮地道：「皇上，那我考了第幾？皇上給我封什麼官？還有，仲達他是不是狀元啊？」

高飛見樓班興奮不已的樣子，笑了起來，拍了拍樓班的肩膀，說道：「你確實讓我很意外，居然能夠進入前十名，比那些漢人強多了，以後烏丸一族就要靠你去領導了。」

樓班道：「不，我才不去呢，我要跟隨在皇上的身邊，為皇上做事。皇上待我不薄，我怎麼能離開皇上呢。」

「呵呵，有些時候，不是你想怎麼樣就怎麼樣的。樓班，你能不能幫我去傳達個訊息？」

「皇上讓我幹什麼，我就幹什麼，如果不是皇上，我也不會學到那麼多東西。」

「好，你替我去一趟城裡，告訴蓋勳，讓他等雪停了以後再公布皇榜。」

「諾！」

樓班應聲，拔腿便走，很快便消失在雪地中。

高飛故意支開樓班，是不想樓班聽到他和司馬懿的對話。

「皇上，這裡已經沒有外人了，有什麼事，儘管說吧，草民洗耳恭聽。」

司馬懿又怎麼會不知道高飛的用意，從高飛進帳說的第一句話開始，他就聽出了話外之音，而且高飛親自蒞臨這裡，必然是有要事。

高飛道：「既然你已經看出來了，我也沒有什麼好隱瞞了。如今，咱們叔侄坐下來慢慢談，有些事，我必須要讓你清楚。」

司馬懿的父親司馬防和高飛曾經稱兄道弟，論起輩分，司馬懿叫高飛一聲叔叔也不為過。

「皇上，是不是仲達對『天下』二字理解的還不夠透澈？」司馬懿問道。

高飛搖搖頭道：「不，你理解的很透澈，旁徵博引，舉例論證，目的就是要告訴我，天下的大勢不是一成不變的，要想讓天下長久下去，就必須總結前人的教訓，想出一個切實可行的辦法來。這一點，我很贊同，所以今天我就做出了一個大膽的嘗試……不過，你確實沒有當上狀元，正如我之前所講的一樣，**你的才華已經遠遠超出了狀元的範圍，你應該比當狀元更加的有所作為。**」

「皇上的意思是？」司馬懿有些困惑地說。

「你有什麼理想嗎？」高飛反問道。

「草民一直以來都以皇上為榜樣，希望有朝一日能夠指揮千軍萬馬，馳騁疆場，這算是草民的理想之一。」

「哦？那你還有什麼其他的理想？」

「草民不才，曾經有幸目睹過皇上親自繪製的世界寰宇圖，從見到那幅地圖開始，草民才發覺，原來我們所居住的地方，對世界而言是那麼小，而且還有許多地方我都還沒有去過，外面到底是什麼樣子，草民很好奇，很想去外面看看。不過，這單純只是草民的一個理想罷了，因為草民甚至連大江南北都沒走過，又何談去見識更廣闊的天地呢。」司馬懿一臉憧憬地道。

人在孩童的時候，往往充滿了幻想，司馬懿也不例外。

當他遇到高飛之後，他的人生就發生了轉變，在高飛的薰陶下，思維也大大的被打開，比如當年他剛到薊城沒有多久，高飛就讓他帶著一群童子軍玩泥巴，在泥巴上刻字。

當那些泥巴字重新組合在一起的時候，竟能印出一篇完整的文章來，在他看來，像是神奇的魔術一般。

從那以後，他總是在思考問題，遇到不會的就會發問，常常把「為什麼」掛在嘴邊，久而久之，掌握的知識越來越多，他的思想也越來越開闊。

一次偶然的機會下，司馬懿看到了高飛親手繪製的世界地圖，當他看到大漢的疆域不過才是一塊巴掌大的地方時，整個人震驚不已，也是從那一刻，他才知道世界有多大，他又是多麼的渺小。

高飛聽完司馬懿的話後，什麼都沒說，他漸漸地感受到，司馬懿在無形中受到他的影響。**現在的司馬懿，是一塊還未經雕琢的寶玉，至於是誰來雕琢他，又該怎麼樣雕琢，必然會對他以後的人生產生很大不同的影響。**

「那麼，如果我可以幫助你實現你的兩個理想，**你是否願意從此以後將你的**

人生交給我來做主呢？」高飛沉思片刻後，柔聲地問道。

司馬懿想了一會兒，深邃的眸子裡依然是古波不驚，讓你無法看透他到底在想些什麼。

良久，他將目光注視到高飛身上，說道：「在皇上有生之年，我願意將我的人生交給皇上來做主。」

「那我辭世之後呢？」高飛不禁追問道。

「自然由我自己做主，我只想知道，我現在所處的世界到底有多大，我又能否走遍整個世界……」

高飛對這個回答很滿意，司馬懿確實是一塊寶玉，這樣的寶玉，需要精雕細琢，否則就會一文不值。

他笑了，將司馬懿攬在懷裡，說道：「仲達，選拔的事，你就暫且擱下吧，你的才智足以擔當一個地方大員了，但是，我要你在其他方面有所成就，從明天起，你就去參軍吧，從一個小卒做起。你想達成你的理想，就要付出比別人十倍、百倍，甚至是千倍的努力，**你的人生軌跡從此以後由我掌控，你就做我手中的一把利劍吧，去代替我刺穿敵人的胸膛。**」

「諾！」

外面朔風怒號，大帳內卻暖意融融，高飛抱著司馬懿，像是在抱著自己的孩子一樣，如果他的兩個兒子也都如司馬懿這樣聰明，他相信，華夏國的未來，一定會前途無量，華夏人也必然會站在世界屋脊的最高點。

大雪整整下了一夜，第二天早上才停歇，外面是一片白色的世界。

高飛怕凍壞那些文官選手，便讓人添加煤炭，以供取暖。另外，正式將皇榜公布了出來，結果是蔣幹當了狀元。

大選過後，高飛沒有遣返任何一個人，而是讓這三萬多參加選拔的人全部留了下來，一起帶回薊城去，他讓管寧對這些人進行職前訓練，一番整訓後才放任到地方。

司馬懿則按照高飛的吩咐，**改名為馬一，正式參軍，成為賈逵麾下一個不起眼的小卒子，從此開始了他的軍旅生涯……**

天陰沉沉的，大塊的烏雲把天空壓得很低很低，像要塌下來的破牆。

迎面的寒風呼呼地吹著，掀起密集的碎雪，扯著行人的衣服，打著他們凍紫的面頰。

雪野上最顯眼的，是冷寂的墳墓和各種高長的枯草，狂風把枯草大把大把地吹拔出來，夾著碎雪，無情地摔向空中。

樹枝被風吹得吭吱直響，時而有枝幹折落下地，十一月的冷風籠罩著整個華北平原，大雪時稀時密，時小時大的降著，從未停止過飄落。

地上是一道長長的車輪碾壓的痕跡，走在最前面的騎兵臉上已經凍得鐵青，可是依然盯著風雪，絲毫不為所動，繼續向前行走著。

高飛坐在一輛由十六匹戰馬拉著的巨大馬車裡，車上鋪了一層厚厚的被褥，他正躺在裡面暖和的補眠。

這大半個月來，為了選拔文武官員，他著實累壞了，好不容易事情落下了帷幕，他才得以痛痛快快的睡上一個好覺。

長長的隊伍迎著風雪，因為地上的積雪容易打滑，所以隊伍的前進很慢，每天能走上一百里就不錯了，從渡過黃河以後，朔風怒號，暴雪交加，讓人不得不驚嘆大自然的威力。

「喀喇！」

一聲巨響從高飛的車架上向四處擴散開來，笨重的馬車車轅突然斷裂，馬匹受到驚嚇，重心一個不穩，使車身向路旁的溝壑裡側翻，緊接著便是「轟隆隆」幾下翻滾所造成的巨響，整個華蓋被摔得四分五裂。

「皇上！」

隨行的人員都始料未及，登時高聲呼喊起來，禁衛爭先恐後的跳下馬背，朝路邊的溝壑裡搶了過去，不料腳下一滑，眾人紛紛滾了下去。

隊伍停止了前進，百餘名禁衛紛紛用手扒開被摔裂的車架，尋找在車裡睡覺的高飛，一個個都顯得很是慌張。

樞密院太尉蓋勳騎著馬走在最前面，聽到後面傳來一陣騷亂，急忙策馬奔了過來。

當他看見高飛的車架翻倒在溝壑裡時，登時翻身下馬，大聲呵斥道：「你們這些廢物，都是怎麼辦事的，快救皇上！」

「轟！」

一聲巨響在百名禁衛的耳邊想起，高飛裹著被子從碎裂的木架中沖天而起，毫髮無損的他先是打了個哈欠，伸了個攔腰，接著才注意到周圍的一切，環視一圈後，才知道自己竟然跌落在路旁的溝壑當中。

「皇上……」

眾人看到高飛沒事，這才都鬆了口氣，紛紛跪在地上，內心極為愧疚。

蓋勳抱拳道：「皇上，臣罪該萬死，讓皇上受驚了……」

高飛已然明白了是怎麼一回事，當即笑道：「沒事，雪天路滑，加上這華蓋大車太過寬闊，一般情況下，路窄的話就會出現這種情況，無法通行，可以理解……」

他看了一下四周，白茫茫的一片，風雪在怒號，寒氣逼人，許多人凍得嘴唇發紫，在寒風中瑟瑟發抖，便問蓋勳：「這會兒到哪裡了？」

「前面不遠便是癭陶城，臣已經通知鉅鹿知府劉放，今夜要在鉅鹿休息。」蓋勳回答道。

高飛從洛陽歸來，並未帶太多人，因為洛陽的建設需要，加上中原戰後的恢復問題，最後幾經商討，讓管寧、盧植、鍾繇以及所有文武選拔的官吏全部留在了中原，為復興中原提前做好準備。他自己也只帶了蓋勳和三百禁衛隨行，畢竟河北遠比中原穩定。

「嗯，暫且在癭陶城休息兩日吧，等風雪過了再走也不遲，不然這樣下去的話，不等我們回到薊城，將士們就已經凍死在歸途中了。」高飛考慮了一下，當即說道。

「臣遵旨。」

於是，禁衛們收拾了一下高飛的東西，將東西全部移往其他馬車，又騰出了一輛馬車以供高飛用。

可是，高飛拒絕了，要來一匹馬，頂著寒風和眾人一起行走在風雪中。

快抵達癭陶城時，高飛隱約看見癭陶城東矗立著的英雄紀念碑，想起了幾年前在這裡戰死的兩萬多將士，想起了胡彧，心中不禁生出一陣悲涼。

鉅鹿澤的那次大戰，讓他久久不能忘懷，也是他帶兵生涯中的第一次兵敗，可謂是慘敗。雖然最後以攻取鄴城、滅掉袁紹勢力為代價，替死去的將士們報了仇，但是卻無法挽回他們的生命了。

「太尉大人！」高飛突然叫道。

蓋勳跟在高飛的身後，聽到高飛叫他，急忙問道：「皇上有什麼吩咐嗎？」

「明日準備一個追悼儀式，我們去英雄紀念碑一趟，去祭奠一下曾經為國捐軀的將士們，華夏國的建立，他們功不可沒，沒有他們當時的浴血奮戰，就不會有我高飛，更不會有如今的華夏國。」

那場大戰，蓋勳並未參加，但是他可以想像得出來那場大戰的慘烈。

他和高飛相識也算是很早了，當年在涼州，為了抵禦叛亂的羌胡，高飛率領少數士兵可謂是百戰百勝，即使是在撤退中，還能殲滅前來追逐的敵人，這樣的將才，可謂難得。可是，鉅鹿澤一戰，高飛敗了，並且搭上了兩萬多將士的性命，他能夠理解高飛心中的感受。

蓋勳比高飛的年紀要大，但是他卻從未倚老賣老，因為高飛身上有許多值得他學習的地方。

他聽完高飛這句話，立即說道：「臣遵旨，進城之後，就讓人去準備。」

「嗯。」

癭陶城的城門邊，鉅鹿知府劉放率領鉅鹿府的大小官員列隊等候在城門邊，隱隱聽到風雪中傳來馬匹的嘶鳴聲，眾人都變得興奮起來。

劉放整理了一下官帽和官服，轉身對身後百餘名鉅鹿府的從屬說道：「陛下駕到，你們一定要表現的十分熱情，此地乃陛下的傷心之地，任何人都不能提及以往的半個字。」

「諾！」

劉放是漢廣陽順王的兒子西鄉侯劉宏的後代，是漢朝後裔，不過，他很識時務，也認清了局勢，加上自己根本就沒有稱霸天下的野心，是以從未想過去拯救什麼大漢，對他來說，姓劉不是他的錯，但是讓他去做找死的事，卻萬萬不能。

漢末紛爭，許多皇室後裔都蠢蠢欲動，起兵割據一方，然而，劉放是個例外，他家也算殷實，劉虞坐鎮幽州之時，他還曾經幫助過劉虞，並且前來投效。

當時被劉虞推薦給高飛，結識高飛之後，劉放便覺得高飛的雄才大略遠遠勝過劉虞，所以從此便死心塌地的跟著高飛。

在這樣紛爭的年代，能夠毫不猶豫的選好自己的主子，站好隊伍，就足以說明此人的眼光獨到。

「子棄兄，一會兒陛下那裡，還請你多多美言幾句啊……」一個身穿布衣的少年郎從劉放的背後走了出來，小聲在劉放耳邊說道。

劉放點點頭道：「彥龍兄請放心，一會兒陛下來了，我一定向陛下舉薦你，前朝司徒王允之侄王凌這麼推崇你，而且你又和這次武官選拔的狀元冠軍侯賈逵是好友，憑藉這個關係，陛下肯定會給你一個知府當當的。」

少年郎嘆了一口氣，說道：「怪只怪我沒有來得及去參加選拔，否則的話，也能像賈逵道一樣奪個文官狀元。」

「呵呵，彥龍兄才華過人，即使不去參加什麼選拔，也能當官的。」

正說話間，高飛、蓋勳等人出現在眾人面前，劉放等人急忙跪在地上參拜道：「臣等叩見陛下，萬歲萬歲萬萬歲！」

高飛騎著馬走近眾人，抬起手，朗聲道：「免禮，卿等都起來吧。」

眾人這才紛紛站了起來，同時叫道：「謝陛下。」

高飛注意到這群人都是穿著官服，唯獨一個年紀和劉放相仿的人是一介布衣，便好奇地道：「劉子棄，這人是誰？」

劉放故意讓那少年郎站在自己身旁，就是為了吸引高飛的注意，此時見目的達成，便道：「啟稟陛下，此人乃臣好友，姓孫名資，字彥龍，太原中都人士，自幼博學多才，聽聞臣在鉅鹿為官，所以前來拜會，又仰慕陛下威名，所以前來一睹陛下聖容。臣驚擾了陛下，還請陛下降罪。」

「哦，原來如此。」

高飛自然知道孫資這個人，歷史上他和劉放齊名，同樣是曹魏的大臣，司馬懿能夠最後掌握曹魏大權，這兩個人算是功不可沒。不過，是人才他就要，他也明白劉放的意思，卻沒有表現出來。

劉放見高飛沒啥反應，便不再多說什麼，怕引起反感，道：「陛下，行轅已經準備妥當，外面風雪大，請陛下進城吧。」

「嗯。」高飛雙腿一夾馬肚，馬匹立刻向前走去。

百官一分為二，紛紛俯首不敢仰視，直到高飛從他們讓出來的道路中走進城才敢抬頭。

蓋勳經過劉放身邊時，對劉放道：「明日安排祭壇，皇上要在英雄紀念碑祭莫那些為國捐軀的英烈之士，這件事務必要做到盡善盡美。明白嗎？」

劉放點點頭，心道：「陛下還是想起了這個傷心地，如此心情，只怕無法推薦孫資了，唉！」

夜裡的時候，雪停止了，不過嚴寒並未遠去，屋外朔風怒號，屋內暖融融的，走了一天的人們在吃過晚飯後，準備美美的睡上一覺。

第二天辰時，鉅鹿知府劉放帶著人開始清掃積雪，從高飛所在的行轅一直清掃到癭陶城東的英雄紀念碑，官府的衙役們列隊維持秩序，道路兩旁則圍滿了當地的百姓，他們聽說皇帝昨日駕臨這裡，今天一早就自發地聚集在一起，想一睹皇帝的尊容。

辰時三刻，高飛騎著高頭大馬，身穿一身勁裝，前面衙役開道，左右禁衛護身。

樞密院太尉蓋勳走在最前面，騎著一匹栗色戰馬，朗聲喊道：「皇上駕到！」

「吾皇萬歲萬歲萬萬歲！」

路旁所有的人都跪在地上，低著頭，不敢抬頭直視，也有人忍不住，非要看上皇帝一眼，便不自覺的瞅了瞅。

高飛在電視上看到過不少皇帝出巡的樣子，平民百姓是不得隨便抬頭直視皇帝的，皇帝出巡，各州府的官員要提前安排一條暢通無阻的御道，所有人都要回避，十分排場。

不過，當這種事真的發生在高飛身上時，那種感覺卻很彆扭，於是，他下令所有的人都起來，隨他一起去英雄紀念碑，祭奠那些死去的英烈。

百姓們紛紛歡呼雀躍，一行人在萬眾矚目下，浩浩蕩蕩的往英雄紀念碑而去。

到達英雄紀念碑後，高飛跳下馬背，看到所需祭奠的東西都準備齊全了，便從劉放的手中接過已經點燃的檀香，高聲宣告道：

「蒼天在上，厚土在下，朕華夏神州皇帝高子羽，特來祭拜為了華夏國而壯烈犧牲的英雄們……」

說完，高飛跪在地上，直起腰板，向英雄紀念碑鞠了三下躬。

與此同時，圍繞在英雄紀念碑周圍的所有人，全部跪在地上，為死去的英烈默哀致意。

之後，太尉蓋勳又宣讀了一篇長長的祭文，老百姓都感動得潸然淚下。

之後，高飛又讓蓋勳宣讀了聖旨，追封文醜、許攸、管亥、李鐵、胡彧、蘇飛、蹋頓等一批壯烈犧牲的文武。

儀式完，高飛將劉放叫到身邊，問道：「你的那位朋友孫資，現在何處？」

劉放一聽這話，心中激動地道：「啟稟陛下，孫彥龍現在正在府衙收拾行裝。」

「收拾行裝？怎麼？他要走嗎？」高飛訝異地道。

劉放道：「如果陛下不想讓他走，那臣這就去把他留下來。」

「不必了，既然都收拾好了，那就讓他走吧。」高飛面無表情地道。

劉放此時恨不得狠狠地抽自己一個大嘴巴子，說什麼不好，非說他在收拾行裝。

他正無言以對時，卻見高飛嘴角邊浮現一個淡淡的笑容，他猜不透那是什麼意思，一瞥之下，便不敢再看。

「子棄，你跟在我身邊也有幾年了吧？」

「啟稟陛下，臣跟隨陛下已經差不多四年了……」

「嗯，四年說長不長，說短也不短，這四年來，你從最基層的縣令做起，如今做到知府，也算是朝廷的二品大員了。」

「蒙陛下隆恩，子棄才有今日。」劉放小心翼翼地回答著，他不明白高飛為什麼會和自己說這些。

「你既然那麼推崇孫資，就說明他的確有才，如果讓一個有才的人離我而去，確實怪可惜的。我記得上次從河北調了一批知縣赶赴中原，其中你的鉅鹿府裡就有三位，現在，好像廣宗的知縣還缺著人吧？」

「陛下真是好記性，廣宗知縣確實一直空缺著，臣還沒有找到合適的人選去接替，所以便由臣出任廣宗知縣一職，暫時管理。」

「既然如此，那就讓孫資去廣宗當知縣吧，知縣雖小，卻也是正七品的官，他初來乍到，又沒有參加文官選拔，如果貿然給他一個大官做，只怕別人會議論。這是聖旨，你派人帶給他，讓他即刻赴任，別耽誤了正常的政務。」

高飛隨手從懷裡掏出一道聖旨，遞給劉放。

劉放接過這道聖旨，驚詫不已，沒想到高飛早已做好安排。他和孫資雖然這幾天才認識，但是兩人一見如故，有一種相見恨晚的感覺，所以他才這麼積極的把孫資推薦給高飛。

「臣代孫彥龍謝過陛下。」

「如果真的要謝我，就讓我看到政績，鉅鹿府是冀州之重，土地肥沃，良田不少，我希望你能夠好好的治理這裡，他日若有所成就，我便升你為冀州的知州。」

說道。

「多謝陛下厚愛，臣定當竭盡全力，讓百姓豐衣足食。」劉放心花怒放地

祭奠英烈的儀式結束後，高飛等人回到癭陶城，在癭陶城中歇息了三日，備足一路上所需要的糧草和禦寒的衣物，重新踏上了歸途。

隨後，一行人經過信都、河間、范陽、涿郡，這才抵達薊城。

雪地難行，不算長的距離，卻讓他們足足用了半個月，回到薊城時，已經是十一月初八了。

一行人遙見薊城巍峨的城牆，都不禁嘆道：終於到家了。

眾人還未靠近城門，便見城門裡一撥騎兵奔馳而出，馬背上的騎士正是高飛許久未見的賈詡。

賈詡本來在兗州駐防，以鐵腕治理兗州，一夜之間，誅殺兗州有貳心的鄉紳、富戶多達上萬，自此以後，兗州全境肅然。

他的**釜底抽薪**之計，雖然說殺的人有些多，不過卻很奏效，自此之後，賈詡的「毒士」之名便在兗州流傳開來，逐漸散布到中原各個州府，人送綽號「**賈扒皮**」。

其他州府原先支持曹魏的家族、鄉紳都轉向支持高飛，積極配合當地知縣、知府的管理，加上當地知縣、知府紛紛開倉放糧，將糧食發放給百姓的手中，保證當地百姓的耕作，是以百姓對官府只有感激，所以短短月餘時間，中原各州府迅速安定了下來。

由於華夏國半數以上的軍隊都駐紮在中原，成為穩定中原的基石，加上又進入了嚴冬，所以賈詡、郭嘉、荀攸、荀諶四人全部受詔在半個月前回到薊城，也一併卸去兗州、青州、徐州、豫州四州的知州，分別由辛毗、崔琰、陳震、王修四人接替。

中原的軍機，高飛也做了合理的安排，以虎威大將軍趙雲總攬洛陽軍務，虎牙大將軍張遼總攬宛城軍務，虎烈大將軍黃忠總攬兗州、豫州兩州軍務；以左將軍臧霸總攬青州、徐州軍務，以右車騎將軍徐晃總攬弘農一帶的軍務，並且任命王文君為弘農知府。

高飛遠遠地看到賈詡奔馳而來，很是興奮。

兩下相迎，眾人紛紛下馬，賈詡首先跪拜道：「臣樞密院太尉賈詡，叩見陛下！」

高飛急忙將賈詡給扶了起來，對他來說，賈詡是亦師亦友的人，對他的幫助真的是非常的大。

「愛卿怎知我今日歸來？」

高飛一把抓住賈詡的手，和賈詡並肩向城中走去。

「臣並未接到通知，只是今日登上城牆向外遠眺，透過望遠鏡看到陛下等人，這才出城迎接。陛下歸來，為何不提前通知一聲？臣也好聚集滿朝文武共同迎接陛下歸來啊。」

「沒那個必要。愛卿可曾收到管丞相書寫的信件？」

賈詡陰鬱著臉，皺起了眉頭，隨即停下腳步，道：「陛下，是何人出了這限制皇權的餿主意？此人雖千刀萬剮也不足為過……」

「咳咳咳……」

蓋勳聽了，差點被口水噎死，連聲咳嗽了好幾下，將賈詡的話音給蓋住，不等賈詡再張嘴，便插話道：「太尉大人……事情是……」

「莫非是蓋大人提出來的餿主意？」

賈詡冷眼看著蓋勳，目光中夾雜著憤怒和殺機，給人一種不寒而慄的感覺。

「哈哈哈……賈扒皮果然名不虛傳！」高飛聽後，在一旁笑道：「愛卿不必猜測了，這個主意是我自己想出來的……」

「陛下想出來的？」

賈詡一陣驚詫，不敢相信地望著高飛，急忙問道：「陛下為什麼要提出這種……這種建議？」

「我只是擔心自己以後會犯下什麼錯誤，而且我做的決定也未必是對的。」

「臣不敢苟同，請陛下收回成命，此時萬萬不可限制皇權，相反，應該更加集中的加強皇權，讓天下之人對皇上敬而畏之，這才是皇帝應有的尊嚴。」賈詡極力反駁道。

高飛不是很明白，為什麼管寧、盧植、鍾繇、蓋勳四個人都沒有反對，可賈詡卻如此強烈的反對，在他看來，限制皇權，以減少自己出錯的機率，這是很正常的一件事。

在現代，任何國家大事都不是一個人說了算，出來說話的，只不過是國家的代表人，無論是總統也好，首相也罷，他們每做一個決定，都是背後一群人的集思廣益，他認為，這樣做並沒有錯。

於是，帶著疑問，高飛問道：「愛卿何出此言？讓參議院、樞密院和皇帝共同集思廣益，有什麼錯嗎？」

賈詡環視了一下周圍的人，怒喝道：「統統退下！五丈之內，不得有人騷擾！」

一聲怒喝，其餘的人全部不敢違抗，包括蓋勳在內。

雖然說，樞密院裡的五個人都是太尉，但是總要有個頭兒，賈詡就是五太尉之首，加上高飛對他敬重有加，賈詡自然就成了一人之下，萬人之上的人，所以，所有人都很識趣的走開了，自動退到五丈之外。

高飛對賈詡的忠心從未懷疑過，他看到賈詡斥退眾人，便問道：「愛卿有話儘管說就是了，不要藏著掖著。」

賈詡畢恭畢敬地向高飛行禮，然後撩開長袍的前襟，撲通一聲跪在雪地上，抱拳道：「臣賈詡冒死進言，懇請陛下收回成命，內閣更改為參議院，臣沒有任何意見，可是參議院、樞密院絕對不能夠擁有限制皇權的權力，否則，長此下去，華夏國將猶如曇花一現！」

高飛見賈詡將事情說得如此嚴重，皺起眉頭道：「愛卿何出此言？」

「陛下制定的國策，必然是準備長久行使下去的，一旦參議院、樞密院擁有了限制皇帝的權力，那皇帝的威嚴何在？在陛下的有生之年，以陛下的雄才大略，或許沒有人敢做出悖逆的事情來，然而，一旦這種體制深入人心，在陛下百年之後，太子即位，**新登基的皇帝怎麼可能威懾全國？**老臣們估計都已經垂垂老矣，**新一代成長起來的時候，誰敢保證他們沒有野心？**一旦有人掌控了樞密院和參議院，那皇帝只不過是個擺設，和挾天子以令天下又有什麼不同？」賈詡垂淚泣告，所說之言盡皆發自肺腑。

高飛聽後，也覺得賈詡所言句句在理。他能夠做到的，他的兒子未必能做到，如果按照這種方式，皇帝確實是個擺設。

他也不敢保證他的兒子能同他一樣有超人的能力，如果可以的話，他願意多活個五百年，利用五百年的時間致力於繁榮國內，如此必然能夠成就一個永不衰落的大帝國。

可惜，誰能長生不老，誰又能不死呢？

「陛下，臣知道陛下的心意，是害怕自己會犯下錯誤，但是**如果因為害怕便刻意削弱皇權，那陛下何苦又要登基為帝呢？既然當了皇帝，就該對皇權負責到底**，可陛下這皇帝當了還不到兩個月，就要去削弱皇權?!陛下的子嗣還小，陛下**又怎麼知道兩位小王爺不能成為超越陛下的人物呢？**青出於藍而勝於藍，只要陛下好好培養，必然能夠造就出一位比陛下還雄才大略的人來。陛下，你若是不答應臣，臣就跪死在這裡！」

賈詡語氣很是嚴肅，態度非常的認真。

高飛想了想，覺得賈詡的論點也沒錯，自己才剛剛登基為帝，卻又忙著限制自己的權力，這樣做未免有點自相矛盾，當即將賈詡扶起，說道：

「太尉大人用心良苦啊，我收回成命便是。你說得對，我那兩個兒子還小，我又怎麼知道他們不會超越我呢。走，外面天寒地凍的，你死了倒是沒有什麼關係，總不能拉著我一起死在這裡吧？你個賈扒皮，還真想連我的皮也扒了啊？」

賈詡聽高飛開起了玩笑，原本繃著的臉也放鬆了，兩人相視而笑，莫逆於心，手挽著手，甚是親密地回到薊城，這番逆轉讓圍觀的人都是一頭霧水。

第二章

天倫之樂

賈詡繼續說道：「陛下日理萬機，應該再找幾個妃子來伺候陛下的起居，如今中原日益穩定，陛下征戰多時，也是時候該享受幾年天倫之樂了。待他日國力強大後，揮師百萬，橫掃八荒，一統天下，必然會事半功倍。」

一行人回到皇宮後，荀攸、郭嘉、田豐、荀諶、蔡邕、邴原、司馬防、國淵、王烈、王文君、崔琰等人全部聚集在大殿上，見高飛來了，群臣一起參拜道：「臣等叩見陛下。」

高飛徑直走上大殿，坐在龍椅上，朗聲道：「卿等平身！」

高飛看了眼兵部尚書王文君，以及吏部尚書崔琰，問道：「詔書你們兩個人都接到了嗎？」

王文君和崔琰一起站了出來，抱拳道：「啟稟陛下，詔書臣等今日方才接到，即刻便會動身。」

高飛道：「嗯，最近天寒地凍，雪天路滑，行走不便，你們以九部尚書的名義去地方充任知州和知府，確實有點難為你們了，不過，這只是暫時的，如今華夏國人才缺少，一旦有合適的人才，我定然會讓他們補上。」

王文君道：「啟稟陛下，臣以為，鎮南將軍廖化文武兼備，持重老成，足以擔任弘農知府一職，而且他人現在就在弘農，只需陛下一聲令下便可上任。」

高飛聽了，扭頭看了眼田豐、荀諶、蔡邕三人，問道：「三位丞相以為如何？」

田豐道：「臣等附議。」

高飛當即問道：「崔尚書，青州知州，你可有什麼人選嗎？」

崔琰想了想，答道：「啟稟陛下，臣以為，軍議校尉逄紀足以勝任。」

「逄紀？」高飛聞言，意外地道。

崔琰回道：「逄紀頗有大才，只不過先前在袁紹那裡一直不太如意，所以事事從不關心，整天追求道家學說，其實不過是懷才不遇罷了。臣以為，陛下這次洛陽選拔人才，唯才是舉，真正有大才的人就在這裡，擔任知州一職遊刃有餘，辛毗、陳震、王修盡皆出任知州，唯獨逄紀名列其外，逄紀也自感愧疚，沒能給陛下出謀劃策，於是寫了一封『罪己書』交到吏部，乞求能夠得到陛下的原諒。」

說著，崔琰便獻上一封書信，禁衛接過去之後，呈給高飛。

高飛見信中所寫的內容，逄紀自道十分慚愧，也頗有悔改之心，便道：「崔尚書，逄紀何在？」

「正在偏殿等候。」

「傳逄紀上殿！」

「遵旨！」

「傳逄紀上殿——」殿前武士高聲喊道。

不久，逄紀戴著官帽，穿著官服，從殿外走了進來。

一進大殿，便跪在地上，喊道：「罪臣逄紀，叩見英明神武的大皇帝陛下！」

「平身！」高飛仔細打量著逄紀，見逄紀此時一改往日的氣息，精神十足，滿意地點了點頭。

自從高飛擊敗袁紹，接受袁紹舊部開始，以韓猛為首的這批袁紹的舊部一直倍受排擠，若非中原大戰中，韓猛獨自率領一支軍隊所向披靡，橫掃了半個兗州，立下輝煌的戰績，只怕還不會得到高飛舊部的認同。

自從華夏建國以後，高飛廢除奴隸制，拋棄太監制，改善後宮，一切從簡，還鄭重聲明四海之內皆兄弟，胡漢一家親等理念，並且正式寫進了國策，不停地融合華夏國所統治境內的一切力量，用法律作為約束，這才使得國中各種矛盾日益緩和。

在用人上，高飛大膽啟用投降過來的將領，劉虞舊部、公孫瓚舊部，袁紹舊部，呂布舊部，曹操舊部，只要是投降過來的，並且忠心的，都委以重任，或出任知州，或者出任知府，或是出任知縣，更有許多在軍中擔任要職。

這種做法，也進一步消除了嫌隙，使得大家抱成一團，也使得華夏國龐大的官僚體系漸漸的融合成功，改善了府內的和諧關係。

「崔尚書舉薦你為青州知州，你可有什麼要說的嗎？」高飛打量完，開口問道。

逄紀道：「啟稟陛下，罪臣必然不負厚望，會好好的治理青州。」

「你倒是不客氣，朕還沒有說任命給你做呢！」

「所以，臣要爭取啊。」逄紀答道。

「呵呵，你這個回答朕喜歡，逄紀，你說，這個世界上是先有雞，還是先有蛋呢？」高飛突然無厘頭的問了一句。

逄紀乍聞，愣了一下，心裡不解，高飛為什麼會問這麼奇怪的問題。

他不動聲色，想了一會兒，道：「啟稟陛下，敢問這世界上，是先有男人，還是先有女人呢？」

這下換高飛怔住了，沒想到逄紀把皮球給踢了回來。

不過，兩人一來一往之間，他認識到逄紀果然並非是個無能之輩，否則，袁紹那種人為何會把逄紀當成座上賓，而崔琰又為何會鼎力推薦呢。

他笑了笑，說道：「逄大人可真是幽默啊，我給你三個月的試用期，由你暫代青州知州，三個月後，如果做不出什麼成績來，朕就要砍掉你的腦袋！」

逄紀趕忙爭取道：「不行不行，三個月太短，給半年吧，半年之後，青州必然會與現在大大不同。」

「好，多三個月也無妨，正好是一季的莊稼成熟，到時候，你若是沒有什麼政績，別怪朕刀下不留情！」

「臣遵旨！」

「孔璋，草擬聖旨，任命鎮南將軍廖化兼任弘農知府，逄紀出任青州知州！」高飛立即吩咐道。

坐在大殿的邊角上，秘書郎陳琳開始草擬聖旨。

高飛清了清嗓子，又道：「既然眾位大臣都在，朕宣布一件事，從此以後，**華夏國每隔三年舉行一次科舉**，科舉從每年三月開始報名，第一年先在各府統一考試，第二年在各州進行考試，第三年，凡是通過各州考試的，便進行殿試，由朕親自出題考試，文舉、武舉同時開設。此外，朕制定了一個五年計劃，五年之內，各州府潛心治理地方，各軍精練士卒。」

「臣等遵旨！」

「邴尚書，朕於八月尚未登基的時候，就發布了人口普查令，你身為戶部尚書，如今已經過去好幾個月了，全國人口可曾普查完畢？」高飛再問道。

「啟稟陛下，臣正要向陛下稟明，如今人口普查已經告一段落，華夏國總人口為一千三百六十七萬三百四十八口，其中幽州總人口超過四百萬，乃全國之最。」

「一千多萬人，按照十養一的徵兵方針，我華夏國應該可以擴軍至一百萬。不過，現在大亂初平，不宜大肆招兵，姑且在幽州、冀州兩地公開招募新兵二十萬，以彌補華夏國兵力不足的狀況。具體的相關事宜，由參議院、樞密院書寫，然後交到朕這裡批閱。」高飛迅速做出指示。

「諾！」

「那麼，退朝吧。」高飛說完話，轉身便走，頭也不回。

賈詡看到高飛離開的模樣，心中不勝欣慰，暗想道：「這樣才有帝王的魄力，限制皇權，簡直是無稽之談！」

高飛前腳剛走出大殿，賈詡後腳便跟了出去，叫道：「陛下，臣有事啟奏！」

「什麼事情？」高飛轉過身子，看到是賈詡，笑著問道。

賈詡走到高飛身邊，說道：「陛下，今日乃臣四十三歲生辰，臣在府中設下慶生宴，想請陛下尊駕光臨寒舍……」

高飛道：「哦，既然是太尉大人的生辰，那自然要去。」

「多謝陛下，臣下這就回去準備，晚上在寒舍恭迎陛下大駕。」

「好，太尉大人還有其他什麼事嗎？」

「沒了。」

「那好，那我先回去休息了，咱們晚上見。」

「臣下恭送陛下。」

高飛轉身離去，本來滿臉的笑容，頓時變得陰鬱起來，眉頭也皺了起來，他用眼角餘光瞥了賈詡一眼，心中暗道：「這賈扒皮葫蘆裡賣的是什麼藥呢？上個月才是他的生辰，以為我不記得了……」

賈詡不說，高飛也猜不透，只能順勢而為，晚上到賈詡府邸便可知曉。

不過，對高飛來說，賈詡的手段雖然歹毒，但絕不會做出對不起他的事情，所以他也不擔心，徑自回宮，看望自己那兩個兒子去。

華夏國的後宮並不大，整個皇宮雖然擴建了，但是有一半都讓高飛給挪了出去，皇宮分兩部分，只有前殿和後宮。前殿是神州無極殿，專門負責處理朝政大事的地方。

在神州無極殿內還有十一個偏殿，供參議院、樞密院以及九部尚書上班所用，也就說，整個華夏國的政務、軍務，全部集中在神州無極殿內。

綜觀神州無極殿十三間大殿，一字排開，正中央是無極殿，是皇帝和群臣舉行朝議的地方，另外十一間是各個政要的辦公場所，另外空出一間是給群臣休息用的養心殿，大家辦公累了，就到養心殿裡休息一會兒，朝九晚五，整個是現代人的上班工時一般。

不過，一旦皇帝想開會了，群臣便要隨傳隨到，至少不能超過半個鐘頭。所以，這些大臣的官邸都離皇宮不遠，高飛空出來的半個皇宮用地，便給他們當成官邸之用。

後宮的占地面積比神州無極殿要稍微大點，整個後宮裡都是宮女，基本上沒有太監，也就是說，高飛和他的兩個兒子，是整個後宮裡僅有的男性。

太監，這個字眼將遠離華夏國的體系，後宮不得參政，這也是明文規定的。

女人可以從軍，可以參政，但是是整個華夏國政治體系中的鳳毛麟角，至少除了現有的娘子軍以外，再也看不到有女人的身影。可以說，要真正的達到男女平等，這還是一個很漫長很漫長的過程。

高飛回到後宮，先去看望了一下皇后蔡琰，以及他的長子高麒，待了一會兒之後，又去看望貴妃貂蟬，當然還有他的女兒高傾城，以及小兒子高麟，中午就留在貂蟬那裡。

吃過午飯後，女兒和兒子都睡著了，高飛摟著貂蟬坐在臥榻上，輕聲道：

「蟬兒，讓你受委屈了。」

貂蟬知道高飛說的是什麼事，她心裡也明白，皇后的人選，高飛並非出自真心，但是有時候又不得不那樣做，**人在江湖，總有身不由己的時候，當了皇帝也是一樣，很多事根本由不得你。**

她久居深宮，深知宮廷險惡，所以與世無爭，在她看來，只要自己的男人時刻關心著自己，愛護著自己，那比什麼都好。

她體貼地說道：「只要皇上的心裡有臣妾，臣妾就心滿意足了。」

高飛笑了，在貂蟬的額頭上輕輕地吻了一下。

貂蟬依偎在高飛的懷裡，一會兒，突然覺得氣血翻湧，忍不住想吐，急忙用手捂住了嘴。

高飛不是白癡，他很清楚，這很明顯是妊娠反應。

他的臉上帶著歡喜，待貂蟬恢復平靜後，從後面一把摟住貂蟬的腰，柔聲道：「蟬兒，看來你又要多一個孩子帶了。」

貂蟬笑而不答，依偎在高飛的懷裡，很知足的樣子。

高飛道：「不行，我得去讓張仲景給你開些安胎的方子，可不能動了胎氣。還有，你現在又懷孕了，高麟就不要帶了，我來帶。」

「陛下……陛下要帶麟兒？」貂蟬驚詫地道。

「幹嘛那麼吃驚？男人就不能帶孩子嗎？再說，高麟是我的兒子，我不帶，誰帶？」

「可是……可是麟兒要吃奶的……」

「吃奶的時候我再來找你，反正你現在奶水多……」

「那多麻煩，臣妾現在孕吐還不是特別的厲害，讓麟兒在臣妾身邊多待幾個月吧，等臣妾肚子大起來了，再交給陛下不遲。」

高飛想了想，覺得也有道理，他現在當了皇帝，日理萬機，帶著個孩子在身邊，確實不妥。

「好吧，等你不能帶的時候，就交給我吧。」

貂蟬點點頭，扭頭看了眼熟睡中的高麟，不由得嘆了口氣，說道：「哎，麟兒真可憐，一出生就沒了……」

高飛打斷貂蟬的話，臉色也暗沉下來，厲聲道：「記住，以後高麟就是你的兒子，再也不許說他可憐！從今以後，誰要是敢再說半個字，朕決不輕饒！」

貂蟬自覺失言，急忙道：「臣妾知錯，臣妾知錯，請陛下開恩。」

高飛看了貂蟬和高麟一眼，心中暗道：「看來蟬兒始終沒有把高麟當成是自己親生的，以後蟬兒要是再生下一個兒子，高麟絕不會像現在受到寵愛啊，我必須想個辦法才行。麟兒，我不會讓你從小就失去母親的，絕對不會。」

「你好好照顧他們，朕還有事，先走了。」說完，高飛轉身便朝外面走了出去。

他先去了太醫院，讓張仲景給貂蟬開了安胎的藥方，又去視察了一下軍事醫學院，透過窗戶，看到華佗正在給軍醫們講授外科知識，以及開刀做手術的理論，當即感到很欣慰。

自從張仲景和華佗先後被他弄到了華夏國，精通內科和藥理的張仲景被安排在太醫院，作為太醫院的院長，手下統領著三百名醫生，並且教授他們知識，等到學成之日，再讓這批徒弟去華夏國各地開設醫館，為當地百姓醫治疑難雜症。

而華佗自從給高飛刮骨療毒之後，便被高飛弄到了華夏國，起初他老大不情願，是被硬逼著來的。

來到薊城後，在高飛的軟磨硬泡之下，才打動了華佗，讓華佗願意公開授徒，高飛便召集了所有的軍醫，跟隨華佗學習外科知識。並讓華佗擔任軍醫學院的院長，為華夏國培養軍醫人才。

太醫院和軍醫學院儼然成為和聚賢館、北武堂軍事學院相提並論的教學機構，為以後培養可用的軍需人才奠定了基礎。

傍晚，高飛換了一身裝束，帶上禮物，徑直朝賈詡的府邸而去。

此時，賈府張燈結綵，將賈詡過生辰的樣子做足了樣子，賈詡更是早早就在府外等候，站在雪地裡挨著凍，翹首盼著高飛的到來。

暮色四合，高飛的軟轎在暮色中悄悄駛來。

賈詡看到高飛來了，臉上露出欣喜之色，趕忙吩咐下人道：「快去讓小姐準備好，務必要精心打扮一番。」

「諾！」

賈詡整理了一下服裝，迎上前跪拜道：「臣賈詡，叩見陛下，萬歲萬歲萬萬歲！」

轎子停了下來，高飛從轎子裡走了出來，扶起賈詡道：「愛卿，這又不是在朝堂上，這種跪拜之禮就免了吧。」

賈詡道：「皇上終究是皇上，臣下依然是臣下，這是綱常倫理，絕對不能僭越，臣若不行此禮節，必然會有人非議。如今臣下擔任樞密院太尉之首，又深受皇上的隆恩，在外人的眼裡，臣已經是一人之下，萬人之上的權臣了，臣不想給人留下口實。」

「好一個**小心駛得萬年船**，我就是喜歡你這點，居功不自偉，始終像是在如履薄冰，你真是群臣的楷模。」高飛高興地說道。

「臣下只是想盡心盡力的做一個好的臣子罷了，臣下不想在百年之後，後人對臣指指點點。陛下，這外面天寒地凍的，請快些進府吧，臣已經讓人準備了陛下最愛喝的酒及陛下愛吃的菜。」

「嗯，走吧。」

高飛在前，賈詡跟在後面，一行人便進了賈府。

賈詡身為樞密院五太尉之首，可是府中卻不怎麼豪華，他是官，不是商人，沒有多少錢，所以許多東西都很簡陋，加上本人崇尚節儉，讓高飛很是欣賞。

進了大廳，高飛理所當然地坐在上座，見大廳內並不是很熱鬧，除了幾個下人外，就剩下他帶來的禁衛了，再無其他大臣。

「你們都退下吧，我有話和太尉大人說。」

高飛摒退左右後，道：「愛卿的生辰，我記得是上個月，今天怎麼又過了一次？是不是有什麼事，只能私下和我說？」

賈詡聽了，不由得怔了一下，在他的印象中，好像是有一次在無意間說起自己的生辰，沒想到高飛竟然記得這麼清楚。

他呵呵地笑道：「陛下，上個月確實是我的生辰，不過這個月也是，因為這個月是閏月，所以，今年臣要過兩次生辰。」

高飛聽了，才想起這個月是閏十月，並非十一月，一時疏忽，差點鬧大，不然一年豈不是要少一個月？

「太尉大人倒是提醒了我，在我的印象中，還以為這個月是十一月呢。」

賈詡道：「無妨，只要眾位大臣心中不錯就行了，而且現在所發布的公文都是閏十月的。不過，臣確實有件事想向陛下說，白天在朝堂上不便談及，所以只能以這種方式向陛下提出來。」

「哦，什麼事搞得如此神秘？你儘管說來！」

賈詡先是拜了拜，緊接著說道：「是關於陛下的婚事……」

「**婚事？**」

「是的，如今陛下已經登基為帝，公輸夫人之死，群臣都感到十分難過，然而陛下身為一國之君，現在後宮只有皇后和貴妃兩個人，難免少了點，群臣為陛下計，為江山社稷計，都覺得陛下應該再選幾位妃子以充實後宮，為陛下開枝散葉。」

高飛聽後，不禁暗道：「這種事大臣們也要過問？」

賈詡繼續說道：「陛下，臣也知道，公輸夫人的死肯定給陛下留下不小的陰影，如今皇后和貴妃都各自帶著一個小皇子，陛下日理萬機十分勞累，應該再找幾個妃子來伺候陛下的起居，這樣的話，陛下也可以舒緩下心情。如今百廢待興，全國上下一心，中原日益穩定，陛下征戰多時，也是時候該享受幾年天倫之樂了。待他日國力強大後，揮師百萬，橫掃八荒，一統天下，必然會事半功倍。」

高飛猶豫道：「不必那麼急吧？」

「急！真的很急！如今滿朝文武都想攀龍附鳳，家中待嫁的美女多不勝數，據臣所知道的就不下六、七十家，這還是臣知道的，臣不知道的可能會更多。以至於許多人的眼睛都盯著陛下的後宮，弄得整個薊城幾個月來不再有婚嫁之事，許多條漢子都還打著光棍呢，長此以往，必然會影響到華夏國的人口問題。陛下鼓勵多生多育，可是如今出現這種現象，讓男人們情何以堪？」

高飛聽後，臉上一陣尷尬，沒想到自己的魅力這麼大，竟然惹得整個薊城的少女們都不願意出嫁，而將目光移到了他的後宮。

不過，他很快就理解賈詡的用意了，這是想讓他趕緊娶幾個妃子，穩定後宮，也好平息那些癡心妄想的人，省得時間久了會引起不必要的紛擾。

「你的意思我懂了，誰家不想把女兒嫁給我享受榮華富貴呢，然而他們哪裡知道，朕的後宮只比普通富戶強上一點點而已，連士孫瑞家都比不上。」

賈詡道：「可是外人並不知道，正因為先是滿朝文武帶動了這種風氣，才會越傳越多，以至於城中無論貧富之家，凡有待嫁的女兒都暫時不嫁，拒絕一切上門提親的人。這樣下去，肯定是不行的，所以，臣才想讓陛下多娶幾個妃子，比如盧太尉家的女兒就很不錯，人也漂亮……」

「你也知道盧植家的女兒漂亮？這是我第二次聽說了，可惜，落花有意流水無情，人家盧太尉似乎並不希望高攀……」

「啊？盧太尉為什麼不願意？」

「我怎麼知道，反正人家就是不願意，也許是覺得一入宮門深似海吧，總之不願意就是了；再說，我也沒那個心情，又沒見過，個人的喜好也不同。」

賈詡「哦」了一聲，臉上露出狡黠的笑容，進言道：「陛下，臣舍下有一女，可謂有著沉魚落雁之容，一點都不比蟬貴妃差，不知道陛下可否願意一見？」

「我認識你那麼久了，沒聽說你有女兒啊？」

「不是我女兒，是臣……總之是個美女，是要獻給陛下的。」

「既然如此，那我就見見吧。」

賈詡嘿嘿笑了笑，朝外面喊道：「有請蘭蘭小姐！」

一聲令下，不多時，便見一個身穿異域服裝的女子從大廳外面走了進來，臉上蒙著一塊面紗，一進入大廳，便向高飛和賈詡行禮道：「參見兩位大人。」

高飛看了一眼這名叫蘭蘭的女人，見她穿著打扮十分的露骨，在這大冬天裡還穿著夏天的裙子，怎麼看怎麼像是現代一個跳肚皮舞的，恰到好處的身材，不堪一束的腰肢，高聳欲裂的胸部，修長筆直的雙腿，無論哪一部分，都給人極大的誘惑。

他來到這個世界那麼久，還是頭一次見人穿得那麼大膽開放，他斷定這名女人絕對不是中原女人，而是來自西北，因為她說話明顯帶著西北的口音，應該是秦涼一帶的人。

「漢族女子絕對不會穿成這樣，你的口音偏向涼州一帶，可是羌人的女子也不會穿成這樣，我猜，你應該來自西域吧。」高飛歪著頭猜道。

蘭蘭咯咯地笑了，眼睛彎成一道弧線，說道：「大人真是好眼力，那蘭確實是來自西土，不過大人只猜對了一半。」

「你叫納蘭什麼？這個姓氏不應該出現在這裡吧？」

納蘭是女真人的姓氏，這個時候，連蒙古這個部族都沒有呢，哪裡來的女真人?!

蘭蘭笑道：「啟稟大人，蘭蘭就叫那蘭，那蘭後面就沒有了。」

高飛恍然大悟，忘了蘭蘭是少數民族，少數民族的人，名字和漢人本就不一樣。

他見那蘭一直叫他大人，估計是賈詡並未告訴她他是皇帝，好玩的道：「哦，是我多慮了。那麼為什麼我只猜對了一半？」

「因為我是羌人，可身上有一半是西域人的血，所以大人只猜對了一半。」

「哈哈哈，原來如此。」高飛笑了起來，好奇地道：「你可否把面紗摘下來，讓我看看你長什麼樣子？」

「你要是我的男人，我就摘下來。」

賈詡在旁邊一陣偷笑，這個回答正好如他的意。

高飛一臉的尷尬，道：「這個面紗有什麼意義嗎？」

「有，只要敢娶我，我就願意為他摘去面紗。因為我長得太好看了，許多男人見了我，都會為爭奪我而自相殘殺，我已經有十七位丈夫死在新婚之夜，不是被毒死，就是被殺死，總之，我是個剋夫的命……」

說到這裡，那蘭不禁垂淚，同時毫不隱瞞地將十七位丈夫為什麼會在新婚之夜離奇死亡的事透露了出來。

值得一提的是，那蘭的第十七任丈夫不是被刺死的，也不是被毒死的，而是因為太高興，終於沒有人敢和他搶那蘭了，一時間控制不住內心的喜悅，在新婚之夜即將爬上那蘭的床時，竟然開心到死！

從此以後，那蘭再無人敢爭奪，加上剋夫的傳說，使得那蘭如同一個怪物，不得不回到娘家暫時過活。

賈詡對那蘭如此不幸的遭遇深表同情，又無意間看見那蘭的美貌，以及龐德信中的極力推薦，便決定將此女獻給高飛。

「剋夫？我才不信什麼剋夫呢，你把面紗摘了，讓我看看你的容貌。」

「摘下面紗就要娶我，你是否真的要娶我？」

高飛明白賈詡的用心良苦，便道：「嗯，我娶你。」

於是，那蘭摘下面紗，露出了驚人的容貌。

高飛第一眼看到那蘭，便被她的容貌震驚了，美得無法形容。用今天的審美觀來看，那蘭是典型的西方美女，臉龐的輪廓、膚色都是西方人特有的那種美，不禁失聲道：「真是個美女……」

賈詡見高飛對那蘭動心了，心中也不勝快慰，這樣一來，那蘭必然會成為高飛的妃子，再隨便挑選幾個，就可以穩定後宮了。

於是，他審時度勢，趁機進言道：「陛下，那蘭美若天仙，正好為陛下妃子，不如擇選良辰……」

高飛不等賈詡說完，便打斷了他的話，說道：「那一切就交給太尉大人辦理吧。」

賈詡笑了笑，用眼色示意那蘭退下，緊接著對高飛道：「啟稟陛下，臣還有一事稟奏。」

「但講無妨。」

賈詡朗聲道：「如今華夏國初建，百廢待興，陛下又擴軍二十萬，可是在軍備和兵器上一時無法湊集，應該擴大兵器、軍備的生產，原有的鋼廠無法供給，而鍛鋼所耗費的時間和心血遠遠比冶鐵要大，臣以為，應該在中原也興建幾座鋼廠以彌補這種不足。」

華夏國的強大，有一部分原因就是體現在高超的冶煉水準，煉製出來的鋼製兵器幾乎每個戰士人手一把，雖然說鋼甲所耗費的鋼材實在巨大，並不是人人都有得穿，但是至少有三分之一的士兵是穿著鋼甲作戰的。

高飛十分明白，這樣的兵器和戰甲，在這樣的時代已經是很了不起的了。工欲善其事，必先利其器，就是這個道理。

「嗯，可以，明日即刻向工部發號施令，先在中原勘探有鐵礦的地方，把鋼廠就建在鐵礦的邊上，利於運輸，中原煤礦也不少，可謂是得天獨厚，鋼廠絕對能夠建造的起來。」

「諾！」

隨後，兩人邊吃邊聊，兩人許久沒有這樣坐下來靜靜的談心了，讓他們的關係更加貼近了一步。

第二天，高飛即對工部下令，讓工部侍郎、翰林院大學士溫良去主持中原興建鋼廠一事。

隨後幾天，高飛逐漸忙碌起來，忙什麼呢，忙選妃的事！

那蘭是穩定中選了，但是按照賈詡的意見，還要走個形式。於是，滿朝文武各大臣紛紛送女給高飛，供其選擇。結果，高飛精挑細選了一番，最終選定了賈詡之女賈雯。

賈雯就是那蘭，高飛讓賈詡認那蘭為義女，並將那蘭更名為賈雯，這樣一來，高飛和賈詡就等於是聯姻了，賈詡也成了高飛的老丈人，不管是穩定後宮，還是在朝廷上，賈詡都儼然成為與蔡邕分庭抗爭的人。

其實，這樣做是高飛吩咐的，**以平衡朝中權貴的勢力**，賈詡雖然人稱「毒士」、「賈扒皮」可是沒啥野心，對自己也最忠心，所以把國事交給他，他很放心。

西元一九〇年，閏十月，二十三日，剛剛登基為帝的高飛，正式於這一天納妃，並揚言以後不再納妃，這才使得那些翹首以盼的待嫁女子紛紛打消不切實際的念頭，於是，在未來的一個月內的時間裡，薊城婚事連連，也讓這個嚴冬充滿了春意。

冬去春來雪消融，春意盎然柳發芽。

在早春的日子裡，當四周一切都發出閃光而逐漸崩裂的時侯，通過融雪的濃重水氣，已經聞得出溫暖的土地氣息。

在雪融化的地方，在斜射的太陽光底下，雲雀天真爛漫地歌唱著，急流發出愉快的喧嘩聲和咆哮聲，從一個溪谷奔向另一個溪谷。

早春的天氣裡，中原大地上一片熱火朝天，百姓忙於農活，軍隊忙著訓練，到處充滿了生機。

「殺！殺！殺！」

河南城外的一處軍營裡，三千步卒正端著長槍練習著刺殺，一個身披皮甲的小童手持著一把木刀，正在邊上練習著揮砍。

「呼呼呼！」

木刀揮砍產生了氣流，發出了呼呼的聲音，小童揮汗如雨，氣喘吁吁，卻絲毫沒有停下來歇息的打算。

「**出刀要快，揮刀要穩，砍人要狠，攻擊要準**，記住這四個要點，勤加練習！」坐在帳篷邊上的一個身材魁梧的大漢看著小童舞著刀，不停地呵斥道。

「諾！」

小童吃力的揮舞著刀，胳膊都快抬不起來了，刀式稍有不對，那個身材魁梧的大漢便拿起鞭子開始抽打他，雖然說力道並不是很重，可對小童來說，卻是一種恥辱。

「啪！」

大漢抬起手便抽打了一鞭子，但是沒有抽在小童的身上，而是打在了地上，在地上留下一個長長的鞭印。

「手抬高點！就你這樣，還指望上陣殺敵？真搞不懂屯長是怎麼想的，讓我燒火做飯也就罷了，還讓我帶著一個孩子。」

大漢前面呵斥，後面埋怨，臉上露出了極為不爽的表情，目光盯著那些正在訓練的士卒，羨煞不已。

小童白了那大漢一眼，將木刀一把扔到地上，怒道：「不練了，累死了，天天這樣練，怎麼練也不會被編進去的，燒火做飯算了。」

「馬一！你個小兔崽子，你敢跟我撂桃子？你學了幾天刀法，翅膀硬了是不是？」大漢見小童拍拍屁股走進大帳，急忙站了起來，在後面叫罵道。

那小童叫馬一，不過那是他的化名，真名叫司馬懿，字仲達。

司馬懿自從去年參軍後，因為年齡小，所以無法進入正規部隊，一直是編外人士，被安排在伙頭軍裡面，做了一個燒火的小幫工。

在這裡，司馬懿認識了這個叫鄧翔的男人，鄧翔比司馬懿大幾歲，汝南人，本來是參加武官選拔的，可惜路上因為一些事情錯過了時間，來晚了，最後只能參軍，便做了一個卒子，結果被分配到伙頭軍來。

「你整天吹噓你的刀法有多厲害，可是你卻只教我這四刀，一連三天了，那四刀我揮砍的也不止一千下了，你也不教我新的，練都練膩味了。你看那些人，他們練的可都是一整套槍法呢。」司馬懿指著正在校場上操練的三千步卒，不耐煩地對鄧翔說道。

「你懂個屁！這是讓你打好基礎。你知道我練習刀法那會兒，我爹讓我練那四刀練了多久嗎？整整一年！一年啊！這四刀是鄧家刀法的基礎，只有底子打好了，再練上去，就事半功倍了。」

「不懂！」

「廢話！你要是懂了，還用我教你刀法？你個小屁孩，毛都沒有長全呢，還想學人家打仗？你這身板，練習我鄧家刀法正好合適。不過你比我聰明，你可以練半年，等半年以後，我再將刀法教給你！」

「現在就教，我已經練得熟悉的不能再熟悉了！還有，我不是小屁孩，我叫馬一，有名有姓的！」

司馬懿最忌諱別人把自己當小孩看，他在軍營裡待了差不多有好幾個月了，跟這些粗漢在一起，難免也會受到影響，以至於性格也發生了一些變化，從一個沉默寡言、少年老成的孩子逐漸轉變成粗野不羈的個性。

當真是近朱者赤近墨者黑，小孩子在發育成長階段，果然最容易受到外界的影響。

「你要學是吧，我偏偏不教你，哈哈哈！」

「不是不教，是你不敢教，你怕我學會了以後，把你給打敗了吧？」

「你胡說，就憑你這樣子也想打敗我？教就教，是你自己找苦頭吃。」

說著，鄧翔走出帳外，從帳篷邊上拿起木刀，開始揮舞著木刀，只聽木刀舞動呼呼作響，鄧翔刀風呼嘯，舞動的招式也是剛猛異常。

司馬懿在邊上看得是如癡如醉，心中暗道：「這鄧翔果然是一員大將啊，可惜卻屈才在這裡了，以後我必然要提拔他！」

一套刀法舞動完畢，鄧翔收起架勢，對司馬懿道：「看到了嗎？」

「看到了！」

「怎麼樣？」

「不怎麼樣！」

鄧翔氣得快要吐血了，憤然道：「不怎麼樣？你能舞成我這樣嗎？」

「不能，但是這也不能說明你就很厲害，你要是能打得過令狐邵，就說明你很厲害。」司馬懿不慌不忙地說道。

「我才不上你當呢，你當我傻啊，令狐將軍豈是隨便能打的？我要是……」

「馬一在嗎？」

一個渾厚的聲音突然在鄧翔的背後響起，一個鬍鬚發黃，眼窩深陷，鼻梁高挺的漢子在鄧翔的背後出現，映入司馬懿的眼簾。

司馬懿道：「我就是馬一。」

那個人道：「我是虎威大將軍麾下武衛校尉滇吾，奉大將軍之命，特來請馬一走一遭。」

司馬懿問道：「有什麼重要的事嗎？」

「不知，請你跟我走。」滇吾一臉的鐵青，面部猙獰，讓人見了望而生畏，隨後又補充了一句：「現在！」

鄧翔看了看司馬懿，緊張地問道：「你犯什麼事情了，大將軍居然親自來找你？」

「沒事，你好好的燒火做飯，不久之後，你就會受到提拔的。」

說完這句話，司馬懿便走了，對滇吾道：「校尉大人，前面帶路。」

滇吾帶著司馬懿離開軍營，騎著馬向城中走去，來到河南城裡的縣衙。

司馬懿一進門，便看見一個極為熟悉的人，那個人一身便裝，虎威大將軍趙雲侍立身邊，正是皇帝高飛。

「叩見皇上，萬歲萬歲萬萬歲。」司馬懿一進門，便跪在地上叩拜道。

「平身！仲達，你收拾一下行裝，跟我走。」高飛道。

「去哪兒？」司馬懿對高飛突如其來的命令感到很是詫異。

「去你沒有去過的地方，你不是想出去看看外面的世界嗎？我這次從薊城來到這裡，就是為了帶你去外面闖一闖。」高飛穿著一身勁裝，肩膀上掛著一個包袱，看上去和一般的過路人差不多。

司馬懿早就在軍營裡待膩了，因為他是個伙頭軍，沒有學到什麼本領，等於這半年來在這裡虛度光陰。不過，燒火可不是一般人能幹的，要有體力才行，他在這裡最大的好處就是鍛煉了自己的體力。

「好，我這就去收拾東西。」司馬懿毫不猶豫地道。他隱隱覺得，這次高飛的傳召，必然有十分特別的用意，而且對他更是寄予了深厚的期望。

趙雲見司馬懿飛快地跑了出去，狐疑地道：「皇上，真的已經決定了嗎？」

「嗯。」

「臣還是陪著皇上一起去吧，路上也好保護皇上的安全……」

「洛陽乃軍事重鎮，目前士孫瑞正在督造洛陽城，一旦洛陽城建好，我就將華夏國的都城遷到洛陽來，希望能彌補以往我所做過的錯事，讓洛陽一帶的百姓重新回到洛陽來。洛陽西有徐晃、南有張遼、黃忠、東有張郃、臧霸，北有韓猛，洛陽處於正中，你鎮守洛陽，十分重要，無論哪一方戰事一起，一旦吃緊，你即可率領洛陽之兵前去支援，往救四方，所以洛陽少了你不行。」

趙雲知道高飛這樣安排的用意，可是一想到高飛要隻身犯險，心中就難免有所擔心。不過，他深知高飛一旦決定的事，他是無法改變的，連賈詡都勸阻不了，他就更不行了。

「皇上，滇吾是羌人，對西土也算是瞭若指掌，臣雖然不能跟在皇上身邊，讓滇吾隨行總可以吧？此時的關中和涼州已經不比當時皇上擔任陳倉侯的時候了，有滇吾照應，臣也好放下心來。」趙雲看了一眼滇吾，舉薦道。

滇吾也很有眼色，趕忙抱拳道：「皇上，末將雖然沒有大將軍的武勇，在西羌也是數一數二的勇士，末將願意誓死保護皇上。」

「正因為你是數一數二的勇士，所以才不能帶你去，你一露面，羌人就會認出你。而且，你投降於我軍的消息也早已傳開了，你去了，豈不是在告訴別人我們是奸細嗎？你們的好意我都心領了，不過……我的武力也不弱，一般人休想近我身。曹操投靠秦國已經半年多了，這半年多的時間裡，秦國到底會成為什麼樣子，我必須要親自去驗證一番。**任誰也不會想到，華夏國的皇帝居然會悄悄的離開國家，深入到敵境……**哈哈哈……」

高飛自說自話地笑了起來，**他一直擔心曹操的事，他是個梟雄，絕對不會甘於居在人下，投靠秦國，無非是想有個墊腳石，然後重新東山再起。**

與馬超比起來，高飛更願意讓馬超做自己的對手，因為馬超容易對付，曹操則難以對付，一旦曹操取代了馬騰、馬超父子，占據了涼州和關中，恐怕從此以後河朔都不會太平了。

這時，司馬懿背著一個小包袱，徑直走了進來，一臉興奮地說道：「皇上，我準備好了，什麼時候啟程？」

「現在就啟程。」

司馬懿道：「皇上，我還有一件事稟告，伙頭軍裡有一個叫鄧翔的人，此人武藝不錯，可是一直沒有人發現他的才能，我想請皇上去看一看鄧翔，別讓他在伙頭軍裡了，那樣真的很屈才。」

高飛聞言，扭頭對趙雲道：「子龍，你去見識一下這個叫鄧翔的人吧，如果真的有能力，也不能讓他一直懷才不遇，看看能不能給個武官做做。」

趙雲點點頭，抱拳道：「皇上放心，臣一定會將此事辦妥。」

高飛牽著司馬懿的手走出了大帳，騎上早已備好的馬匹，向西而去。

司馬懿雖然小，可是騎術還行，跟樓班認識那麼久了，如果連騎馬都不會，他就不是司馬懿了。只是，司馬懿有點疑惑，高飛到底是要帶他去哪裡啊。

他終於忍不住了，問道：「皇上，咱們這是要去哪裡？」

「去秦國！」高飛面色不改地道。

「去秦國？去秦國做什麼？」

「有一件很重要的事要去做，帶著你，順便讓你見識見識外面的世界。你在軍營裡當伙頭軍，學不到什麼東西，所以朕決定親自教授你，讓你知道這個世界上千奇百怪的事。」

「皇上，你的意思是……收我為徒？」

「你本來就是文科的狀元，是我故意把你除名而已，狀元即天子門生，你自然就是我的徒弟了。我要教給你的東西，是你之前在聚賢館上沒有見過的。」

「太好了，皇上收我為徒了！」司馬懿興奮不已地叫道。

高飛見司馬懿開心的樣子，更加覺得這個孩子一定要好好的培養，玉不琢，不成器，**天才若是不加以循循善誘，也有變成廢材的可能**。高飛要將司馬懿這塊美玉雕琢成一個國器，將來也許會繼承他的意志，輔佐他的兒子，讓華夏國繁榮昌盛。

「仲達，從今天起，你不要再叫我皇上了，高飛二字，也絕對不能提起。」

「師父……我叫你師父好了。」司馬懿心領神會地說道。

「嗯，好，就叫師父吧。」

第三章

擒賊擒王

「你是皇甫堅壽？」高飛的聲音不再是蒼邁的老人語氣，反而很有力道。

不等皇甫堅壽回答，高飛從他的表情便可以肯定，這個人就是皇甫堅壽無疑，登時伸出手，一把抓向皇甫堅壽，力求一招制敵，擒賊擒王！

兩人一路向西奔馳，所過縣城盡皆不入，在經過弘農城的時候，除了進去買些必備的野外生存的東西，並沒有驚動官府，也沒有驚動軍隊。

因為，高飛這次出行，是秘密出行，從薊城抵達洛陽，知道的人不超過十三個。

華夏國這個時候雖然工作繁忙，可是由於三省六部制的使用，徹底完善了官員的辦事效率，所以一般情況下，大事很少，即使有，也是上報給參議院、樞密院或者九部尚書那裡，內政方面的事情，高飛不拿手，索性就交給那幫拿手的人去操勞。

勞心者治人，勞力者治於人，這句話充分體現在高飛的身上。事情不必躬親，交給下面的人去做就好了，再說，高飛手下人才濟濟，每個人都是獨當一面的精英，這麼做，精英分子聚集在一起，處理起政務來，自然事半功倍了。

諸葛亮事必躬親，最後落得個操勞過度，嘔血而死，高飛才不會像諸葛亮一樣傻呢。以前手底下沒人的時候，他不得已事事都上，現在有人了，自然將事情放給手底下的人去做，自己也落得個輕鬆自在。

很快，高飛帶著司馬懿來到弘農府的最西面——**桃林關**。

桃林關是新建的關隘，徐晃拿下弘農之後，由於兵力不足，未敢輕動，將兵力全部移到湖縣，在此修建關隘，和潼關遙相呼應。

秦國丟失弘農後，潼關守將曾經數次派兵前來爭奪，均被徐晃用疑兵之計擊退，連續幾次失敗後，秦軍也不再輕出，緊守關隘，不與外通。

桃林關內，華夏國右車騎將軍徐晃正在巡視關隘，忽然一位親兵來報，說是有位故人來訪。

徐晃於是在正常巡視完關隘之後，回到了自己的住處，一進門便見高飛坐在椅子上，而且滿面風塵，當即吃了一驚，急忙拜道：「臣徐晃……」

「公明，你過來，我有話跟你說。」高飛立即打斷了徐晃的話，生怕徐晃暴露了自己的身分。

高飛雖然是華夏國的皇帝，可是真正見過高飛本人的又有多少？當高飛穿著威武的鎧甲，站在眾位軍人的面前時，那一刻，士兵看見的只是一個穿著盔甲的人，至於具體長什麼樣子，誰也沒有太大的印象。

不信的話，隨便找個士兵穿著高飛的戰甲站在點將臺上，那些士兵還是會一樣的高呼萬歲。所以，在古代，敵軍的士兵往往只認識那副鎧甲，卻不認識穿著鎧甲的人，也因而會出現一些替死鬼。

徐晃見高飛打斷自己，並且搖搖頭，這才會意過來，急忙摒退左右，這才向高飛拜道：「陛下駕到，臣有失遠迎，還望陛下恕罪！」

「你起來吧，我本來就沒打算通知你的。不過，要想出關，還必須要經過你這裡，不得已才來了。」

「出關？陛下要出關嗎？」徐晃驚訝地道。

「嗯，出關，去秦國。」

徐晃更為訝異了，**堂堂的一國之君，不好好當皇帝，居然要跑到敵對的國家裡去，這是在演演哪一齣啊！**

「恕臣冒昧，敢問陛下去秦國做什麼？有什麼事，陛下儘管吩咐，臣定當竭盡全力的去做。」徐晃抱拳道。

「有些事必須要我親自去做，你駐守這裡也大半年了，我問你，潼關守衛如何？」

「守衛森嚴，嚴格控制行人進出，這半年來，臣從未見過從潼關過來過一個人。」徐晃回道。

高飛皺起了眉頭，自言自語地說道：「看來，得另想辦法進入秦國境內才可以……」

徐晃在此駐紮許久，加上他又是河東人，在董卓帳下時，曾經奉命圍剿白波賊，對河東、左馮翊、弘農、京兆尹四地很熟悉，見高飛皺著眉頭，便問道：「陛下真的要遠赴秦國嗎？」

高飛點點頭道：「曹操投靠了秦國，這是一個極為危險的人物，**我擔心曹操會反客為主，長久下去，必然會顛覆秦國，趕走馬氏父子取而代之。**」

徐晃不敢相信地說道：「秦、涼是馬騰父子的故地，其勢力根深蒂固，曹操從關東來，怎麼可能顛覆馬騰父子？」

高飛笑了笑，說道：「秦、涼雖然是馬騰父子的故地，可是馬騰馬超奪下秦、涼也不過才數年，別忘了，馬騰可是因為殺死董卓，收編了他的部眾才崛起的。秦涼一帶，百姓好武成風，私鬥不止，涼州人更是好勇鬥狠，而馬騰父子所依仗的無非是羌人，關中的百姓都是漢人，未必都支持馬騰他們。何況，大漢天子的死，馬騰難辭其咎，雖然說將矛頭指向我，但是這無疑是賊喊抓賊。曹操號稱亂世之奸雄，並非浪得虛名，能在我軍的層層圍堵中逃到秦國，足見他的智謀。」

「如此，那陛下去了秦國，豈不是很危險？我軍滅了魏國，曹操必然對陛下恨之入骨，馬超又大敗於我軍，兩人對陛下都有著極大的仇恨，萬一陛下被人發現，那後果不堪設想。臣懇請陛下收回成命，打消入秦的念頭。」徐晃憂心忡忡地道。

「放心，我已經將風險降至最低了，天下之大，能有幾個人認識我？何況馬超、曹操也並不是能夠見到我，我會喬裝打扮一番，然後再去秦國。」

「非去不可嗎？」

「非去不可。」

徐晃見高飛十分堅持，想想，這件事如果有人能勸阻得了的話，高飛也不會出現在這裡了，因而嘆了口氣，說道：「那臣願意隨陛下一同前往，路上也好有個照應。」

「不必，人多了反而壞事，而且你駐守在這裡也十分的緊要。桃林塞是我軍的邊防重地，你必須肩負起責任。」

「諾！」

桃林塞是指秦函谷關以西，逶迤而至湖水西岸的湖縣故城，亦即湖縣舊址（閿鄉縣城舊址）之間的函谷古道，其地勢險要，易守難攻，故而對華夏國來說十分的重要，也可以看做是秦軍西進路上的第一道屏障。

徐晃占領此地後，便調集工匠，在此修建關隘，就成了現在的桃林關。

高飛心想，如果秦軍不打算放人通行，也就是說，他就無法從此處通過，於是問道：「公明，除了從這裡到潼關外，還有何地能夠進入潼關？」

徐晃想了想說道：「只怕唯有風陵渡一地而已，其餘地方都險要異常，即使能夠攀越，想必秦軍也有所防範。」

「風陵渡？」高飛默默地念道：「好，就從這裡進入秦國境內，我暫且在這裡休息一日，明日一早，我便帶著司馬懿離開這裡。」

「司馬懿是誰？」徐晃問道。

「是我！」司馬懿從門外走了進來，朗聲道。

徐晃扭頭看了過去，見司馬懿只是個十歲左右的孩子，好奇道：「陛下要帶著這個孩子去秦國？」

「什麼孩子？我已經是大人了！」司馬懿不滿地道。

「仲達，不得對右車騎將軍無禮，見到威名赫赫的徐將軍，還不快點行禮！」高飛斥責道。

司馬懿自覺失禮，雖然自己不喜歡別人輕視他，但也不能這樣對徐晃說話，畢竟人家是名將，他什麼都不是。因而聽到高飛的呵斥，立即畢恭畢敬地對徐晃道：「天子門生司馬懿，見過徐將軍！」

徐晃聽司馬懿說自己是天子門生，不禁對司馬懿另眼相看，也客氣地回了禮。

高飛對司馬懿的回答十分滿意，這句天子門生，不僅表明了他的身分，更讓他的地位一下子漲了不少。

「仲達，你不是在屋內歇息嗎，怎麼跑來了？」

「師父，我睡不著，所以過來找師父，看看有什麼要我做的沒有？」司馬懿答道。

「我讓你做的事就是去睡覺，好好的休息，明天一早，我們就要離開這裡，也即將離開華夏國，踏上一個新的旅程。」高飛道。

「可是我睡不著唉……」

「那就數綿羊，從一開始慢慢數，去吧，我和徐將軍還有要事商議。」

「諾，那我走了。」

待司馬懿走後，徐晃不禁問道：「陛下，這是誰家的孩子？」

「司馬防家的二公子，司馬朗的弟弟。」

「臣斗膽問一句，陛下帶著司馬懿去秦國，莫非有什麼用意嗎？」

「嗯，玉不琢不成器，司馬懿是一塊美玉，可惜身上世家子弟氣息太重，還未脫去稚嫩。馬超十五歲為將，勇冠三軍，率軍二十萬敢來爭奪中原，如今司馬懿已經十一歲了，也是該讓他鍛煉一番的時候，如果能成為一個國器，華夏國的未來將不可限量。」

徐晃覺得高飛對司馬懿似乎很看重，便道：「為什麼一定要去秦國？在國內不行嗎？我軍猛將如雲，名臣良將多不勝數，在國內豈不是更好嗎？」

「沒有壓力，就沒有動力，國內日益穩定，他看到的只是平和的一面，讀萬卷書，行萬里路，他在聚賢館的這幾年裡，書是讀的差不多了，缺少的就是對人生百態的認識。他與我們不同，我們生於亂世，可他卻從未遭受過磨難，**不經歷磨難，就不會有高人一等的意志，你能明白我的良苦用心嗎？**」

徐晃隱隱覺得高飛會做出一些不可思議的事，試探地問道：「臣斗膽再問一句，**莫非陛下是想將司馬懿扔在秦國，讓他自食其力？並且借機打聽秦國的一些機密？**」

高飛笑而不答，只說道：「我累了，先去休息了。」

說完，高飛便走出了大廳。

徐晃一個人站在大廳裡，絞盡腦汁也想不出高飛要做什麼，甚至猜不透高飛的心思是什麼。索性，他也不猜了，畢竟他不擅長揣摩人的心思，一切順其自然便可。

第二天。

天色微明，高飛站在一盆水的邊緣，映著水中的倒影，看著自己的光頭造型，臉上露出滿意的笑容。

「砰！砰！砰！」

敲門聲響起，司馬懿的聲音也在門外響起：「師父，你起來了嗎？」

「進來吧。」

司馬懿推開房門，一進門便傻了眼，他看到的是一顆光亮無比的光頭，盆沿上還有一堆被刮掉的頭髮，另外還放著一堆白髮。

「師……師父……你怎麼？」司馬懿吃驚地問道。

「這叫**易容術**，我必須要裝扮一番才行。」

高飛說著，便映著盆裡的倒影，將早已經準備好的白髮頭套給套在頭上，扭頭問司馬懿道：「你還認得出來我嗎？」

司馬懿眼裡只看到一個老態龍鍾、白髮蒼蒼、滿臉布滿皺紋的糟老頭子，跟那個平時英明神武的華夏國開國皇帝明顯不是一個人。

他吃驚不已地望著高飛，嘴巴都合不攏了，竟然呆在那裡。

「發什麼呆呢，還認識我嗎？」

「認……認不得了……師父現在看上去像是一個七老八十的人……」

高飛捏著嗓子，將白色的長鬚貼在下巴上，弓著身子，咳嗽了幾下，緩緩地道：「老夫姓唐，名亮，字一明。」

司馬懿不得不佩服高飛，不只身形外貌、就連說話的那種蒼邁沙啞的聲音，都像極了一個七老八十的人，完全看不出來有一點高飛的氣息。

「師父，我姓馬，叫馬一，是您的徒弟。您看我用不用也裝扮一下？」司馬懿覺得易容十分有趣，也產生了興趣。

「你小孩子一個，易什麼容？又沒人認識你！既然連你都認不出我來了，想必別人更加認不出來了。我們走吧，去風陵渡，從那裡進入秦國境內。」

高飛說著，便將早已準備好的拐杖給拿了出來，彎著身子，掛上自己的包袱，牽著司馬懿的手便走了出去。

剛出門走了兩步，高飛和司馬懿迎面撞上了徐晃，徐晃披著一身重甲，大步流星地朝這邊趕來。

房廊下，徐晃見到司馬懿和一個白髮蒼蒼的老者走在一起，瞥了那老者一眼，並未引起他的懷疑，便道：「司馬仲達，陛下呢？」

司馬懿咯咯地笑道：「遠在天邊，近在眼前。」

徐晃怔了一下，再次打量了一下高飛，吃驚地道：「陛……陛下？」

高飛站直了身體，用自己本來的聲音說道：「哈哈……公明也認不出我來了，那此去秦國，就不會有什麼危險了。」

「陛下……臣有眼無珠，沒有能認出陛下來，請陛下恕罪！」

「無妨。你備好馬車，送我去風陵渡。」

「諾！」

徐晃卸去一身重甲，穿著便裝，將高飛和司馬懿送至黃河岸邊。

岸邊早有船隻在等候著，艄公催促道：「等你們多時了，還走不走啦？」

「走，稍等片刻。」徐晃道。

徐晃走到高飛的身邊，小聲提醒道：「陛下！此去風陵渡需要多加小心，當地有一夥山匪，極為猖獗，鎮北將軍韓猛曾經數次帶兵圍剿均未成功。河東雖然是我華夏之地，然當地百姓卻心向那夥山匪，更占住了雷首山、風陵渡等要衝，若遇到了，儘量避之。」

「山匪？」

高飛對這個消息倒是從未聽過，去年，他曾經命令並州刺史韓猛率軍攻打河東郡，並且成功占領，至於什麼山匪的事，他卻從未聽韓猛奏報過，如果不是徐晃突然提起來，根本一點都不知情。

徐晃補充道：「山匪的頭目有兩個，一個叫**皇甫堅壽**，一個叫**朱皓**，這兩個人的來歷我曾經派人調查過，可惜始終沒有查清楚，不過就衝著他們兩個能把韓猛弄得焦頭爛額，此二人必然不簡單。陛下，我再送你一程，把你送到對岸吧？」

「不必了，你還有公務在身，快回去吧。」

高飛暗暗地將山匪的事記在心裡，估摸韓猛是怕降罪於他，因而隱瞞不報。

徐晃見高飛態度堅決，只得抱拳道：「保重！」

高飛牽著司馬懿的手上了船，走起路來一番老態龍鍾的樣子，說話的聲音也變得沙啞蒼老，朝徐晃擺手道：「回去吧，送君千里終須一別，我不會有事的。」

等到司馬懿和高飛上了船，艄公吩咐舵手開船，船緩緩地駛向河中央，漸漸地消失在滔滔的黃河之中。

上了船，沒想到司馬懿竟然暈船，開始狂吐不止，吐了好一會兒才止住，最後難受的躺在船艙裡睡著了。

高飛則盤坐在甲板上，對艄公打探道：「靠岸之後，再去風陵渡，大概要多少時間？」

艄公答道：「以您老這身體，至少要走上七八天吧，不過要是年輕人，兩天就能到，最好您老雇個馬車，一天就能到風陵渡。」

「哦，這麼遠啊，那還是雇個馬車算了。」

艄公笑道：「老丈，像您這樣的年紀還出遠門，為的是哪般啊？如今秦國和華夏國交兵，兩國的關隘均不能通行，所以要去秦國，風陵渡是首選之路。您老到風陵渡，也是為了去秦國吧？」

「呵呵，是啊，我去找我的兒子，把我這個小徒弟託付給他，說不定我哪天兩腿一蹬就沒了呢。」

艄公聽後，笑了起來。

高飛和艄公聊得很是投機，便趁機問道：「剛才我聽我大侄子說，風陵渡一帶有山匪啊，你們難道都不怕嗎？」

「什麼山匪！那是咱大漢的遺民，在別人的眼裡是山匪，在我們這些人的眼裡，他們就是英雄，是保衛我們的英雄！今天要不是看在錢的份上，我還真不願意送你到對岸，華夏國的狗皇帝，壞透了！」

高飛聽了，心裡一陣訝異，不知道到底發生了什麼事，這些人似乎對他恨之入骨。

他不動聲色，附和道：「對啊，壞透了，連我出關找兒子都不讓，還讓我老漢繞這麼一大圈。大兄弟，你不是華夏國的人？」

「不是，我才懶得給那狗皇帝當百姓呢，我是……算了，跟你說了你也不懂。」

高飛聽出這艘船並不是華夏國的，也不是秦國的，而是屬於那幫山匪的，所以他說話要小心一點。

他便和艄公天南地北的聊著，時不時的套艄公一兩句話。大約聊了半個時辰，高飛終於弄清那幫山匪是如何來的了。

原來，從討伐董卓開始，群雄在洛陽周圍混戰一共有數次，不堪忍受戰亂的洛陽百姓紛紛向別處逃竄，河內、河東、潁川、南陽、關中等地，都成了百姓逃難的首選之地。

一時間，河東人口激增，吃喝都成了問題，百萬難民沿路乞討，那種悲涼的場面，讓人看了心裡都會難受不已。

可是，河東太守聽聞此事，害怕這夥難民會如昔日黃巾黨一樣，非但見死不救，居然派出兵馬前來驅趕，借機欺壓百姓，打死打傷百姓上萬人，最終激起民憤。

百姓公推皇甫堅壽、朱皓二人為主，皇甫堅壽、朱皓二人勸降了河東太守派來的兵將，並且遊說他們一起反攻太守府。殺掉河東太守之後，皇甫堅壽、朱皓二人打開官倉，開倉放糧，占據了河東郡城安邑。

此後，皇甫堅壽、朱皓便帶領落難的近百萬洛陽百姓占據了河東郡黃河以北、涑水河以南的狹長地帶，並精練士卒，自成一派。

華夏國還未正式建國前，高飛曾經派韓猛率軍攻打河東郡，韓猛來勢洶洶，一路上所向披靡，只用了半個月，便攻克安邑城，皇甫堅壽、朱皓率領殘部逃入雷首山至風陵渡一帶，落草為寇。

由於皇甫堅壽、朱皓深得民心，所以百姓漸漸依附，逐漸死灰復燃，奪取了蒲阪。韓猛親自帶兵圍剿，皇甫堅壽、朱皓則和韓猛玩起了游擊戰，韓猛大軍到時，他們就躲進雷首山，等韓猛一走，他們又出兵占領了蒲阪。

反覆數次，竟然把韓猛拖得一塌糊塗，加上當時臨近嚴冬，不宜行軍，所以暫時便沒有了動靜，一直延續到現在。

至於皇甫堅壽和朱皓的來歷，艄公也是一知半解，並不知情，所以高飛也就不再追問，怕引起懷疑。

抵達北岸後，高飛給了艄公雙倍的錢，從船艙裡背起還在難受著的司馬懿，走了約莫兩里路，在一塊岩石上將司馬懿給放了下來，用攜帶的水灌給司馬懿喝，然後又給司馬懿揉了揉胸口，才算緩解了司馬懿的眩暈。

「師父……我真是沒用，每次坐船都吐得不成樣子……」司馬懿歉意地道。

「南船北馬，你還小，以後坐得多了就不會暈船了，把這個給吃了，這是從薊城帶來的，是張仲景煉製的丹藥，有調氣活血的作用。」

高飛從背囊中拿出一粒藥丸，塞到司馬懿的手裡。

司馬懿想都沒想，直接把藥丸給塞進了嘴裡，就著水一口喝了下去。

沒一會兒，司馬懿的臉上便漸漸恢復正常，氣色也好了很多，跟著高飛重新上路。

這條走道，都是山路，按地理劃分的話，高飛和司馬懿應該是行走在中條山的邊緣地帶，道路狹窄崎嶇，路上更是沒有一個行人。兩人一前一後，繼續向西行進。

傍晚時，兩人碰到一個騾隊，騾子上馱著各種各樣的貨物，停靠在路邊休息。高飛和司馬懿走了大半天的路也累了，決定買兩匹騾子騎。付完錢，兩人翻身騎上騾子，繼續向前走，輕快了許多。

奔出十里地後，天色便黑了，兩人停了下來，在路邊升起篝火，在外面露宿一晚。

第二天，天還沒有亮，便騎著騾子繼續趕路，終於在拂曉的時候抵達風陵。**風陵，神話傳說中女媧氏之墓**，位於潼關古城東門外黃河北岸河灘，風陵處的渡口即叫「**風陵渡**」。

風陵渡正處於黃河東轉的拐角，是山西、陝西、河南三省的交通要塞，跨華北、西北、華中三大地區之界，自古以來就是黃河上最大的渡口。

千百年來，風陵渡作為黃河的要津，不知有多少人是通過這裡，走入秦晉。正因為風陵渡的特殊位置，也成為兵家必爭之地。不過，此時的風陵渡可謂是魚龍混雜的地方，這裡既沒有華夏國的勢力，也沒有秦國的勢力，而是被一夥不知名的山匪給控制著。

拂曉時分，沉睡的黃河剛剛蘇醒，岸上樹影依稀可辨時，南來北往的客商熙熙攘攘地朝風陵渡集結。

推車的，騎馬的，趕牲口的，荷擔的，負囊的……接踵而來。有的趕路，有的候渡，有的則已經坐在船頭泛舟中流。

遙望黃河上下，煙霧茫茫，桅燈閃爍。船隻南北橫馳，彩帆東西爭揚，側耳傾聽，嘩嘩的水聲，吱吱的櫓聲，高亢的號子聲，顧客的呼喊聲，鳥聲，鐘聲，匯成一片，古渡兩岸回蕩著優美的清晨爭渡的交響曲。

高飛第一次來到這裡，沒想到兵家必爭之地的風陵渡，儼然成為一派商賈之地，兩岸船隻不斷，客商雲集，風陵渡一帶數里的路旁都擺滿了攤位，叫賣聲絡繹不絕。

他騎在騾子的背上，緩緩地走向渡口，沿途所見到的景象，讓他大開眼界，心中暗想道：「沒有親眼所見，還真是難以相信，被山匪控制著的風陵渡竟然會如此的熱鬧。」

比鄰渡口時，突然從兩邊衝出幾個手持兵刃，穿著一身勁裝，外面披著鐵甲的壯漢，直接攔住了高飛和司馬懿的去路。

一個頭目打量了高飛和司馬懿一眼，喝道：「你們兩個，下馬！」

「噗哧」一聲，司馬懿忍俊不住笑了出來，指著自己的坐騎說道：「你們真是有眼無珠，連騾子和馬都分不清楚，咯咯咯咯……」

此話一出，其餘幾個壯漢都忍不住也笑了出來。

頭目面上無光，臉上一寒，怒不可遏地道：「管它是騾子是馬，總之你們都給我下來！」

「凶什麼凶？」司馬懿滿臉不在乎的樣子，雙手拽住韁繩，就是不下來。

高飛見那頭目的臉色變得猙獰起來，怕生出什麼事端來，急忙插話道：「這位壯士，我的小徒弟不懂事，多有冒犯，還請恕罪。」

說著話，高飛便從騾子的背上緩緩地下來，扭頭對司馬懿說道：「還不快下來，給壯士賠禮。」

司馬懿嘟囔著嘴，從騾子的背上跳了下來，十分不情願地說道：「這位壯士，在下多有得罪，還請多多包涵。」

「包涵個屁！你們兩個從哪裡來？到此有什麼事情？」頭目質問道。

高飛道：「我們從弘農來，想從此處繞到去秦國……」

「去秦國做什麼？」

「去找我兒子。」

「你兒子？在秦國是幹什麼的？」

「打鐵的！」

頭目細細地打量了一下高飛和司馬懿，在他的眼中是一老一少兩個人，並未發現什麼異常之處，穿戴也很一般，可是不知道為什麼，他總覺得這一老一少很可疑。

出沒在這裡的，大多都是販夫走卒，騎馬的也有，卻多為富商，可是面前的這兩個人，卻騎著騾子，看起來不像有錢的樣子。

他圍著高飛和司馬懿走了一圈，問道：「這騾子哪裡來的？」

「路上遇到一個好心的客商，見我們一老一少走路辛苦，便將這騾子送給我們了。」

高飛也覺察出異樣，騎著騾子逛大街，十分引人注目，關鍵是，這風陵渡到目前為止，還從未看見第三個人騎著坐騎，牲口一般都是用來拉貨馱東西的。

「送的？會有這麼好心的人？他們怎麼不送我？」

「因為你長得不好看。」司馬懿突然插嘴道。

「你……你找死！」

頭目怒了，揚起手握著拳頭便要去打司馬懿，司馬懿的反應倒是挺快的，直接鑽到騾子的肚子下面，溜到了另外一側。

高飛急忙擋在那頭目的身前，笑呵呵地說道：「壯士，小孩子不懂事，別跟他一般見識。我這裡有幾個閒錢，請壯士拿去給弟兄們買點酒，老漢代替我徒弟向壯士賠禮了。」

說著，高飛便從懷中掏出二十多枚五銖錢，遞到那頭目的手中。

頭目看了錢一眼，沒有動，瞥了高飛一眼，突然露出一絲狡黠的神色，指著高飛身後的那兩匹騾子說道：「我要這兩匹騾子！」

「壯士，這騾子是老漢的代步工具，老漢的腿腳不俐落，走起路來十分艱難，你把老漢的騾子給要走了，那老漢我該怎麼辦？」

高飛裝出一番可憐的樣子，對那頭目說道：「這錢都是老漢辛辛苦苦攢下的，壯士別嫌少，就當是可憐可憐小老兒吧。」

「走開！」

頭目理都不理，隨手一推，便將高飛推出好遠，高飛跌跌撞撞的向後退了幾步，結果撲通一聲倒在地上，向後仰了好幾個跟頭，痛得在那裡哀嚎。

「師父！」

司馬懿覺得奇怪，以高飛的身手，怎麼可能輕易被那個頭目推倒，他急忙跑到高飛的身邊，想要將高飛攙扶而起，可是高飛卻始終不願意起來，並且對他暗暗使了個眼色，不許他輕舉妄動。

「哎呦……壯士，你可把老漢這把老骨頭給摔散架了……你要是真要那騾子，老漢也不會不給，你這麼一推，老漢……老漢可真的吃不消了……」

高飛躺在地上抱著腿，臉上顯現出極大的痛苦之狀，看上去像是真的受到很大的疼痛一般。

此時，在道路兩旁擺攤的那些商販們都冷眼旁觀，雖然停止了叫賣聲，卻沒有一個人敢上來勸阻，看到高飛一個勁的叫喚，有的人臉上露出了一絲同情。

頭目將兩匹騾子交給自己的手下，喝道：「把騾子給牽走！」說完，便頭也不回地走了。

高飛躺在地上，看著那頭目遠去，這才緩緩地撐起身體。

這幕小插曲，似乎並沒有引起什麼波瀾，很快，叫賣聲便又繼續熱火朝天起來。

司馬懿扶起高飛，嫉惡如仇地道：「師父，剛才那夥人太不講理了，你為什麼不收拾收拾他們？」

高飛急忙捂住司馬懿的嘴，訓斥道：「小聲點，別那麼大聲，這可是在人家的地盤上。你仔細看看周圍，那些賣東西的人，和你之前見到賣東西的有什麼不同？」

司馬懿環視了一圈，沒有看出什麼異常，順口說道：「沒什麼不同啊。」

高飛提點道：「你再仔細看看他們的腳上穿的是什麼……」

司馬懿再次裝作若無其事的扭頭看去，這一看不打緊，嚇了一跳，周圍的人穿的鞋幾乎都是一模一樣的，而且很乾淨，只有少數的挑夫和過往的路人的鞋面上沾滿了灰塵。

「師父，為什麼會是這個樣子？」司馬懿不解地道。

高飛笑道：「這裡十個人裡面有八個是一夥的，而且穿的都是大漢統一的官靴，也就是說，**他們都是兵**。」

司馬懿不得不佩服高飛過人的洞察力，怪不得高飛寧願被欺負也不動手，原來自己已經落入了危險當中，一旦動手，周圍的人肯定會一擁而上，那時候插翅也難飛。

「師父，你早發現了，為什麼不告訴我？」

「也沒多早，本來我也以為這些人是尋常百姓，可是當那幾個人攔住我們的去路時，我注意到了周圍人的眼神，不是一個尋常百姓會有的，如果不是在刀口上舔血的人，不會有如此犀利的眼神。後來我又注意到他們腳上穿著官靴，才知道這裡已經被他們的人給包圍了。」

「師父，你真厲害。」

「此地不宜久留，還是快點到渡口吧，這夥山匪確實不簡單，居然能夠做到如此隱秘。」

兩人相互攙扶著，剛走出兩步，便聽見背後有人叫道：「兩位請留步！」

高飛和司馬懿都怔了一下，聽到背後傳來的渾厚聲音，心中都是一驚。

他們同時轉過身子，看到一位大漢牽著兩匹騾子站在那裡，臉上帶著笑容，不禁面面相覷，很是好奇。

大漢身長八尺，體格健壯，古銅色的臉龐上掛著一部山羊鬍子，雙目中更是射出了炯炯有神的目光。他身披一層鐵甲，背後斜插著雙劍，看上去十分的威武。

他見高飛和司馬懿回頭，抱拳道：「在下教導無方，以至於手下的人奪了老丈的騾馬，多有得罪。這兩匹騾子還給你們，還請老丈多多包涵。」

高飛見這個人的穿戴儼然和剛才搶走騾子的人是一夥的，而且應該是這裡的大頭目，急忙擺手道：「不不不……這騾馬我們不要了，我們只求安全離開此地，不敢再奢求什麼，請好漢放我們過去吧……」

「老丈，你別怕，這些人不敢對你怎麼樣，風陵渡地處要衝，往來人數眾多，難免會遇到一些可疑之人。今日之事，是我的錯，我見老丈和這位小哥騎著騾馬閒庭信步而來，覺得有些可疑，所以……總之，多有冒犯，還請老丈包涵。」

那大漢倒是十分的有禮貌，對高飛畢恭畢敬的。

高飛道：「這……」

他剛說一個字，便聽見一陣馬蹄聲，一隊騎兵當先衝了過來，盡皆披著黑色戰甲，手中握著兵刃。

為首一人頭戴鋼盔，手握長槍，正是並州知州、鎮北將軍韓猛麾下副將張南。

張南目光如炬，站在高處正四下眺望，當看到站在高飛面前的那個大漢時，眼前忽然一亮，將長槍一招，大聲喊道：

「皇甫堅壽，今天你插翅難飛了！」

話音一落，張南便帶著騎兵迅速衝到渡口來。

此時，暗藏在道路兩邊叫賣的商販們，忽然全部掀翻面前的攤子，從攤子下面拿出明晃晃的兵器，直接形成夾擊之勢，攻向張南等人。

張南始料未及，突然遭到攻擊，弄得人仰馬翻，帶來的不足百人的騎兵隊伍登時被刺傷十多個。

高飛見到這一幕，也是大吃一驚，**張南怎麼會突然帶著騎兵來這裡，而且站在他面前的這個壯漢，竟然就是匪首之一的皇甫堅壽。**

皇甫堅壽對張南的出現似乎並不關心，笑呵呵地對高飛道：「老丈，你快走吧，再晚一會兒就走不了啦。」

「你是皇甫堅壽？」高飛問道。

皇甫堅壽怔了一下，因為他聽見高飛的聲音不再是蒼邁的老人語氣，反而很有力道，而且目光中還露出一絲精芒，心中疑竇陡生。

不等皇甫堅壽回答，高飛從他的表情便可以肯定，這個人就是皇甫堅壽無疑，登時伸出手，一把抓向皇甫堅壽，力求一招制敵，擒賊擒王！

皇甫堅壽看到高飛這突如其來的一抓，身子急忙向後倒退。高飛不等招式用老，向前跨出一大步，那隻如同鷹爪的手，如同鐵鉗一般張開，一把抓向皇甫堅壽的胸前的衣襟。

突然，青光閃動，一柄長劍「刷」地一聲從劍鞘中飛出，平削高飛的手。

高飛吃了一驚，沒想到皇甫堅壽反應如此迅速，急忙抽回手，另外一隻手則從腰中拔出一柄短刃，亮在胸前。

皇甫堅壽腕抖劍斜，劍鋒刺向高飛脖頸。

「錚！」

一聲脆響，高飛用短刀擋住了那把長劍，長劍登時斷成兩截，劍尖處飛向空中。他看到皇甫堅壽臉上一陣驚詫，趁機進攻，短刀虛刺。

皇甫堅壽舉著斷劍格擋，露出了胸前破綻，高飛立即右手登時伸出，抓住皇甫堅壽胸前的衣襟，身體借力一轉，用臂彎勒住皇甫堅壽的脖子，短刀抵住皇甫堅壽的腰，整個動作行雲流水，一氣呵成。

「再動一下，我就讓你血濺當場！」高飛緊緊地勒住皇甫堅壽的脖子，任他如何掙扎都無法掙脫。

「你到底是誰？」皇甫堅壽被高飛三招給制伏，錯愕地問道。

「我是誰並不重要，重要的是，你的命在我手上。下面，你按照我說的去做，讓你的人都散開，我保證那些軍士不會傷害你們！」

「我憑什麼相信你？」皇甫堅壽冷哼道：「一條爛命而已，死就死了，大丈夫就應該戰死！要殺要剮，悉聽尊便。」

高飛注意到張南帶來的騎兵被圍在一個狹窄的道路上，根本施展不開，反倒被那夥人殺死了好幾個人，對司馬懿道：「拿權杖來！」

司馬懿急忙從包裹中翻出一枚權杖，權杖為純金打造，金光閃閃的金牌上，一根羽毛活靈活現，遞給了高飛。

「都停手！」高飛大喊道。

第四章

金羽特使

金羽特使是皇上指派巡遊四方，專門負責監察一事，並且將所見到的事情予以上報，是督促各州知州的一種監察機制。韓猛見金羽特使動怒，忙道：「特使大人息怒，下官必然會將此事的來龍去脈一一的向特使大人稟明。」

一聲巨吼之後，兩邊的人都看向高飛這邊，眾人眼中，都出現了不可思議的眼神，因為他們看到的是一個白髮蒼蒼的老頭挾持著一個壯漢，那個壯漢還是山匪頭目之一的皇甫堅壽。

高飛叫道：「識相的都放下武器，否則皇甫堅壽就會血濺當場……」

「別管我，殺了他們……」

高飛抬起胳膊肘，猛地撞了一下皇甫堅壽的後背，打斷了皇甫堅壽的話，高聲喊道：「張南！率領你的部下站到一邊去！」

張南提著一把血淋淋的長劍，看了老頭一眼，並不認識，連老頭身邊的小孩也不認識，反問道：「你是何人？我憑什麼要聽你的？」

「就憑這個！」

司馬懿一隻手高高地舉著那枚金色的權杖，亮在了張南等人的面前。

張南遠遠看著司馬懿手中舉著的權杖，看不清到底是什麼，便向前走了幾步，看到那枚金牌後，臉上登時一寒，急忙翻身下馬，跪在地上道：「特使大人駕到，下官有失遠迎，請特使大人恕罪！」

此時，兩撥人已經分成兩邊，山匪那邊的人都擔心皇甫堅壽的性命，紛紛丟下了兵器，而張南等人則全部跪在地上，不敢抬頭觀看。

印有金色羽毛的權杖，是高飛專門讓人打造的，這種東西一共只有兩枚，持有這樣權杖的人只有高飛和他所派的特使。在張南看來，高飛遠在薊城舒舒服服的當著皇帝，怎麼可能會出現在這個地方，所以便將高飛認成了特使。

「張南，就此歇兵，待本特使查明其中的來龍去脈後，必然會有所吩咐。」高飛令道。

「可是……末將是奉命前來剿匪，這夥山匪十分猖獗，與我軍對峙差不多有大半年了……」

張南感到十分的為難，一方面是韓猛的命令不能違抗，一方面又是特使的命令，讓他不知如何是好。

「大半年來，此間山匪的活動，為什麼韓猛半個字都不上報？我問你，韓猛現在何處？」

「在……離此地不足五十里，正率領大軍前來，想從風陵渡下手，圍剿雷首山，末將是前部先鋒……」

「先鋒？先鋒就帶了還不到一百個人？你且退兵，告訴韓猛，就地紮營，等候本特使親自造訪。」高飛怒道。

「可是剿匪……」

「你還好意思說，你差點被山匪給剿了，還敢說剿匪？退下！」高飛斥道。

張南不敢違抗特使命令，只好暫且退兵。

高飛見張南等人退走後，便對皇甫堅壽道：「你的名字，我一路上如雷貫耳，我且問你，你為什麼要跟華夏國作對？」

「呸！華夏國仗著勢大強攻河東郡，還肆意屠殺百姓，這樣的國家，不反才怪！」皇甫堅壽堅決的說道。

高飛反駁道：「華夏國絕對不會肆意屠殺百姓的，你一定是弄錯了！」

「弄錯？成千上萬的百姓都死在韓猛的手上，韓猛攻破安邑城的那天，鮮血染紅了整個安邑，屍體堆積如山，這一樁樁血案歷歷在目，你居然說是弄錯了？」皇甫堅壽義憤填膺道。

高飛不知道皇甫堅壽說的是真是假，**如果是真的，以韓猛治軍嚴謹的個性，必然是有什麼難言之隱；如果是假的，可是為什麼其餘百姓對華夏國的軍隊都如此排斥？**

他不再想了，因為，他決定去親自找韓猛問個明白。

「你是什麼人？」高飛把問題回到皇甫堅壽的身上，開始詢問皇甫堅壽的底細，希望能夠有所斬獲。

「我是大漢的遺民！」皇甫堅壽回道。

「廢話！我們都是大漢的遺民！不過，大漢已經名存實亡了，現在也不復存在了。你到底是什麼人？」

「我就是我，我就是皇甫堅壽！」

「說了等於沒說！」司馬懿白了皇甫堅壽一眼。

高飛道：「如果我能讓你和你的部下，以及投靠你的百姓都過上好日子，你可願意放棄在山中為匪，接受華夏國的調遣？」

「血海深仇，必須要報！」

「既然如此，那就要先委屈你一下了，跟我到韓猛所在的軍營中對質一下，正好我也想知道，韓猛到底瞞著朝廷還幹了哪些事！」

高飛對司馬懿使了個眼色，司馬懿當即從地上撿起繩索，將皇甫堅壽給綁了起來。

「放開皇甫大人！」那些本來已經丟下兵器的士兵，此時又撿起兵器，紛紛擋在那裡。

「你們放心，我只是請皇甫大人去做客，弄清是非曲直之後，我自然會將其放歸！」高飛保證道。

皇甫堅壽的嘴因為被堵上，想叫也叫不出來，只能聽見他嗡嗡的聲音。高飛用短刀架在皇甫堅壽的脖子上，挾持著皇甫堅壽，朝韓猛來的路線走去。

見皇甫堅壽的部下仍是緊緊相隨，高飛喝斥道：「你們再敢前進半步，我就讓他當場死亡。」

眾人擔心皇甫堅壽的安危，不敢輕舉妄動，只能眼睜睜地看著高飛將皇甫堅壽當成人質，高飛擒賊先擒王，翻身上了騾馬，和司馬懿慢慢退去。

走了約莫十多里，高飛這才將皇甫堅壽的部下給撇開。

他將皇甫堅壽橫放在馬背上，一手拽著馬韁，又走了約莫二十多里，便看見一座華夏國的軍營矗立在那裡，一路暢通無阻，很快便來到中軍大帳。

「韓猛！給我出來！」高飛在大帳外叫喊著。

聲音一落，韓猛便帶著張南、馬延等人走出大帳。看到高飛，他並不認識，也從未見過有這麼一號人物，便客套道：「特使大人遠道而來，我等有失遠迎，還望特使大人海涵。」

高飛見韓猛沒有認出他來，翻身下了騾子，將皇甫堅壽一起拉了下來，指著皇甫堅壽說道：「他你可曾認識？」

韓猛道：「化成灰我都認識。」

「認識就好，我問你，他是何人？」高飛問。

韓猛道：「山匪的頭目之一。」

「可有其他的身分？」

「大漢已故名將皇甫嵩的兒子。」

韓猛和皇甫堅壽打了半年的仗，對皇甫堅壽的底細自然摸得一清二楚。

高飛聽到這，不禁對皇甫堅壽另眼相看，沒想到皇甫堅壽竟是皇甫嵩的兒子。

「既然這裡出現了山匪，為什麼不將此事上報樞密院和皇上那裡？」高飛質問韓猛道。

韓猛一臉尷尬地道：「下官……下官也是逼不得已……」

「逼不得已？有什麼事能讓你韓大將軍逼不得已？你身為鎮北將軍、並州知州，位高權重，居然也會逼不得已？」高飛聽了，頓時怒不可遏。

韓猛知道，**金羽特使是皇上指派巡遊四方，專門負責監察一事**，並且將所見到的事情予以上報，是督促各州知州的一種監察機制。華夏國軍政分離，可是並州這一塊尤為特殊，由於緊挨著匈奴人，所以韓猛既擔任並州知州，又擔任軍職，主要是為了統一協調。

韓猛見金羽特使動怒，忙道：「特使大人息怒，請到帳內一敘，下官必然會將此事的來龍去脈一一的向特使大人稟明。」

高飛也想知道這件事的前因後果，皇甫堅壽的話，像一把尖刀深深地刺進他的心扉，說韓猛屠殺百姓，血染安邑，屍體堆積如山，如果他所言為真，那他非要將韓猛嚴懲不行。

他點點頭，一手推著皇甫堅壽，一手拉著司馬懿，大步流星地朝軍營裡走去。

韓猛迅疾讓開路，見金羽特使走進大帳，這才鬆了口氣。

「快去準備些好酒好肉來！」韓猛轉頭對張南吩咐道。

張南愣了一下，道：「這荒山野嶺的，上哪裡去弄酒肉來？」

韓猛怒道：「想辦法也要給弄來，此間事情若是被皇上知道了，你我性命便在旦夕之間！」

張南不敢違抗，當即道：「諾，末將這就去！」

韓猛又對馬延道：「你即刻去傳令蔣義渠、淳于導二人，讓他們停止前進，就地駐紮，等待我的命令！」

馬延知道事態嚴重，當即領命而去。

韓猛這才走進大帳，畢恭畢敬地對高飛道：「大人，皇甫堅壽、朱皓二人均屬反賊，此二人帶領一干人等嘯聚山林，攻伐府、縣，搶掠我華夏人口，此等惡賊，必須要加以嚴懲。下官也是為了一方太平才出兵剿匪的，不想在這裡遇到特使大人……」

「一派胡言！」高飛聽了，勃然大怒，道：「把皇甫堅壽的塞口布取下來，讓他們當場對質！」

司馬懿急忙解開皇甫堅壽嘴裡的塞布。

「韓猛！你血口噴人！去年你帶兵攻打安邑，我和朱皓主動投降，可是你接管安邑之後，第二天便對我們痛下毒手，屠殺無辜百姓高達萬人，血染安邑，屍橫遍野，如果不是我和朱皓拼死殺出重圍，逃到了雷首山，恐怕這樁血案早已經被埋在了九泉之下！我恨你入骨，今日被你們所擒，休想用我來要脅朱皓就範。你們也別做戲了，我都看得一清二楚，無非是想讓我帶你們進入雷首山而已！做夢！」

皇甫堅壽口中的布一經拿開，便叫囂不止，憤怒異常。

高飛聽後，怒視著韓猛，厲聲道：「韓猛，你身為並州知州、鎮北將軍，竟然幹出這種事情來，你還有何話說？」

韓猛臉上一陣窘迫，辯解道：「特使大人，你休要聽皇甫堅壽胡說，他這樣做的目的是為了迷惑特使大人。其實當日皇上派我攻打河東郡，所過之處，望風而降。皇甫堅壽和朱皓占領的安邑也願獻城投降，下官以為他們是真心投降，所以便帶兵入城，哪知半夜這夥賊人竟然突然發動襲擊，殺死我不少部下，又四處放火，下官差點被燒死在安邑城中。下官拼死出了城後，連夜調動軍隊予以反擊。

「當時情況甚為混亂，城中百姓紛紛阻撓我軍前進，好為皇甫堅壽等人開脫，並且手拿兵器惡意攻擊我軍。於是，下官便下令，凡抵抗者全部予以誅殺，這才釀成了當日的慘狀。可是，如果不是皇甫堅壽執意與我軍為敵，那些百姓就不會死！」

高飛聽了，覺得這是公說公有理，婆說婆有理。但是不管如何，安邑的這場慘案是兩人之間衝突的根源，如何處理，必須要慎重考慮。

「那朱皓又是何人？」高飛聽到提起朱皓的名字，問道。

「乃**前朝名將朱俊之子**。」韓猛回答道。

高飛「哦」了一聲，想想皇甫嵩、朱俊都是漢末平定黃巾起義的大功臣，對於大漢功不可沒。只是皇甫嵩、朱俊二人當年在洛陽出面調節袁紹、袁術等人紛爭的時候被殺，至此之後，他們的家人下落也無人知道。

他看了皇甫堅壽一眼，說道：「令尊乃大漢名將，我曾經在令尊手下做事，令尊行事均以天下蒼生為念，絕不會做出違背良心的事。安邑的事，到底誰對誰錯，已經不重要了，戰爭必然會有所損傷，死者已矣，活著的人應該更加珍惜自己。**死並不可怕，可怕的是如何活著**，你是將門之後，卻落得個山匪、草寇的名聲，對得起你的父親嗎？」

皇甫堅壽冷哼了一聲，說道：「用不著你管！」

高飛見皇甫堅壽對他敵意很大，便對韓猛說道：「雷首山一共有多少人？」

「差不多有三四萬，其中能征善戰者不下千餘人。」韓猛答道。

「也就是說，雷首山上只有一千多人，其餘的都是依附的百姓，對吧？」高飛問道。

「可以這麼說。」韓猛道。

「你手下有兩萬兵勇，區區一千多人，居然在這裡難倒你？當年你橫掃半個兗州的氣勢哪裡去了？」

「此一時彼一時，雷首山易守難攻，道路難行，騎兵無法進入，進山只有兩條路，兩個人並行都有點窄，當真是一夫當關萬夫莫開，下官又無通天徹地之法，試圖攻打過數次，每次都無功而返。而且，雷首山上還有一個叫祝公道的人坐鎮，武藝超群，劍法精妙，下官幾次從他手下死裡逃生……」

高飛聽後，皺起了眉頭，他和韓猛交過手，韓猛擅長劍術，單以劍術而論，他也算是箇中好手，一聽說還有人能將韓猛逼得險些喪命，不免好奇道：「祝公道又是何人也？」

「我憑什麼告訴你？」皇甫堅壽拒不回答，一副視死如歸的樣子。

高飛也不追問，看了韓猛一眼，問道：「你這次親自帶兵前來，一共調集了多少人馬？」

「騎兵三百，步兵兩千七，一共三千馬步軍！」韓猛回道。

「全部撤回安邑！」

「撤回……撤回安邑？可是這夥山匪如果不剿滅，任其坐大，必然會對我華夏國不利，如果他們和秦國勾結起來，秦軍從對岸來到風陵渡，那河東就危險了！」

「你都說了，雷首山易守難攻，就算你帶著三千兵馬，又能怎麼樣？何況當地百姓對軍隊十分的反感，此時不宜強攻！另外，你將此事寫成奏摺，上奏朝廷，你隱瞞實情不報，已經犯下了欺君之罪，至於如何發落，就由朝廷裁決吧。」高飛道。

韓猛聽後，對金羽特使感激不盡，自己寫奏摺，總比被金羽特使舉報要好。

其實，他一直自責，從一開始他就輕視了皇甫堅壽和朱皓這夥山匪，認為只消十天就能剿滅，哪知道這夥人如此猖獗，占據了險要地勢，憑藉著一千多人竟然與他對峙長達半年有餘，弄得整個並州沸沸揚揚，他用知州的身分將此事強行壓了下來，準備開春之後便帶大軍予以剿滅，待剿滅之後再上報朝廷。

「多謝特使大人格外開恩，韓猛知道錯了，這就寫奏摺上奏朝廷，請皇上裁決。」韓猛感激地道。

皇甫堅壽聞言，冷哼一聲道：「我以為你這個特使會嚴懲韓猛一番，哪知道也是官官相護，一丘之貉！」

高飛厲聲道：「皇甫堅壽！你爹是堂堂的大漢名將，為大漢立下了汗馬功勞，從來不會因為一己私利而損害百姓。你心有不平，向韓猛詐降，後又反叛，無疑是想將河東據為己有，想借助百姓對你的信任割據河東，那些百姓的死，可以說是你間接造成的。如果你真的投靠了我軍，皇上必然會念及舊情，讓你出任河東知府，帶領洛陽一帶的百萬百姓在河東好好的生活。可是你……你真是丟盡了皇甫嵩的臉，皇甫家有你這樣的子嗣，簡直是一大恥辱。」

皇甫堅壽大罵道：「你也不是什麼好東西！還有你們的狗皇帝高飛，哪個不是為了一己私利？還好意思說我？」

高飛自從知道皇甫堅壽是皇甫嵩的兒子後，便想起了一些事情，這個皇甫堅壽和乃父皇甫嵩一點都不像。他以前在皇甫嵩帳下當差的時候，便有所耳聞，皇甫堅壽和董卓十分的要好，皇甫嵩還曾經訓斥過皇甫堅壽。

當時皇甫堅壽一怒之下，離家出走，從此便杳無音信。至於他是如何帶著洛陽一帶的百姓跟隨他來到河東的，那就不得而知了，但是可以肯定的是，皇甫堅壽絕不是什麼泛泛之輩。

「韓猛，備馬，我要帶皇甫堅壽去一趟雷首山！」高飛道。

「特使大人，萬萬不可啊，雷首山乃賊窩，特使大人若是去了，只怕有去無回。」韓猛急忙阻止道。

高飛道：「不入虎穴焉得虎子，此間事情如果不解決，必然會成為一大後患！」

計議已定，高飛留下司馬懿，交給韓猛照顧，自己隻身一人帶著皇甫堅壽騎著馬朝雷首山趕去。

韓猛見高飛帶著皇甫堅壽走了，當即叫來麾下的幾個校尉，發號施令道：「傳令全軍，即刻向雷首山一帶開拔！」

「等等！」

司馬懿聽到這個命令後，急忙制止道：「絕對不能向前開拔，只宜後撤！」

韓猛看了司馬懿一眼，冷笑道：「你一個小屁孩懂得什麼軍機大事？」

「韓猛！我乃天子門生，你敢違抗我的命令嗎？」司馬懿最恨別人叫他小屁孩，當即將手中的金羽權杖掏了出來，亮在韓猛的面前。

「將在外，軍令有所不受！你不過是特使身邊的一個隨從，我憑什麼要聽你的？」韓猛不屑地道。

司馬懿氣憤不已，怒道：「你……你好大的膽子！居然……居然敢不把我這個天子門生放在眼裡？」

「既然是門生，就不是官職，華夏國的國策上寫的清清楚楚，連王公貴冑沒有官職的都不能參政議政，你一個小屁孩又猖狂什麼？我是鎮北將軍，並州知州，正一品大員和從二品集結一身，你給我滾一邊去！金羽特使此行必然是凶多吉少，他若是有什麼事，整個華夏國就完了！」

韓猛也不是傻子，和高飛對話了那麼多句，雖然高飛易容了，但是說話的聲音改變不了，他聽出來那金羽特使就是高飛。所以，他擔心高飛的安危比什麼都重要，如果皇甫堅壽知道金羽特使就是華夏國的皇帝高飛，那高飛就甭想活著出來了。

司馬懿被韓猛氣得不輕，見韓猛一意孤行，當即叫道：「你此去圍雷首山，必然將特使陷於危險之地，你圍得越緊，雷首山的山匪就會越緊張，那麼特使就會越危險！」

「小屁孩，你懂個屁！本將就教你一招，什麼叫聲東擊西！」韓猛並不知道這個小孩是誰，雖然他知道能被高飛帶在身邊的人，必然不是等閒之輩，可是他很受不了這小孩的自大和目中無人。

「來人！即刻傳令，令蔣義渠、淳于導二人分兵兩路，直取雷首山，爾等都隨我進攻風陵渡！」

「諾！」

命令下達後，韓猛對司馬懿道：「小孩，你跟不跟我走？如果不跟的話，你就留在這裡餵野狼好了。」

司馬懿道：「特使讓你照顧我，我不跟你走，我就是傻子！」

韓猛笑了笑，沒說什麼，當即命人召回張南、馬延，將臨時紮的營寨給拆了，以騎兵開道，直撲風陵渡。

卻說馬延以飛鴿傳書命令蔣義渠和淳于導就地駐紮，兩人帶著一千士兵進入雷首山地界，收到命令後，便立刻就地駐紮，可是沒過多久，又收到一個飛鴿傳書，讓他們兩個人分兵兩路，鼓噪而進，聲勢弄得越大越好。

於是，兩人便按照命令行事，當下分開兩邊，各自率領五百人，一路上鼓噪而進。

雷首山在今山西的中條山脈西南端，介於黃河和涑水間，此山西起雷首，東至吳阪長數百里，隨地異名，地勢險要，易守難攻。

皇甫堅壽、朱皓二人便駐紮在雷首山上，山有九峰，每座山峰上都立下了一座山寨，其餘八座山峰分別位於八個不同方位，中間一座山峰處於正中。

也就是說，雷首山大寨被其餘八個山寨環繞著，即使外圍失陷，要想進攻大寨，也著實要費上一番功夫。

雷首山的大寨上，朱皓端坐在山寨之內，他剛剛接到奏報，說皇甫堅壽被人擄走，此時的他正一臉著急，在大廳內來回地踱著步子。

朱皓年紀和皇甫堅壽相仿，但是他的身體有點羸弱，一襲墨色長袍，白面青鬚，看上去極為儒雅，頗有乃父朱俊幾分遺風。

「報——」

山寨外面來了一個人，大聲喊叫著闖進了朱皓所在的大廳。

「又怎麼了？」朱皓見到來人，急忙問道。

「蔣義渠、淳于導兵分兩路，聲勢浩大，從雷首山西北方向滾滾而來，旗幟遮天蔽日，塵土飛揚，看不清來了多少兵馬。」

朱皓停下腳步，皺起了眉頭，一臉的苦惱，嘆了口氣，擺手示意來人退下。自己則緩緩地坐在一張椅子上，哭笑不得地說道：「我早說過，高飛的軍隊是不好惹的，你就是不聽，這下韓猛發大兵圍剿，山中數萬百姓又將備受摧殘，想竊據河東，簡直是難上加難……」

自言自語一番後，朱皓當即衝門外的人喊道：「請祝公道大俠到此一敘！」

不多時，一個身形修長，頭戴斗笠，背後斜插著一把長劍的人走了進來。此人一身如墨般的衣服，左手始終藏在一雙手套中。

他一進來，便抱拳道：「二當家的喚我來，所為何事？」

「大當家的被人擒了去，如今韓猛麾下的蔣義渠、淳于導又大舉逼近，我想請大俠代我去救大當家的，並且刺殺韓猛，只要韓猛一死，其兵必然會退卻。事成之後，你我之間再無任何羈絆！」朱皓抱拳道。

祝公道沒有多想，點點頭道：「我不殺人，只救人，你們落得這個田地，全是大當家的錯，他一心想將河東竊為己有，不思進取，一意孤行，斗膽和華夏國為敵，又不識時務，二當家深知其中利弊，為何不順應時勢？」

「你不必多說了，再怎麼說，他也是我義結金蘭的兄弟，我們曾經立下誓言，此誓不能背棄，即使身敗名裂，我朱皓也在所不惜。大俠，你劍法精妙，當世罕逢對手，念在昔日我救你的恩情上，只請你殺了韓猛，前幾次你均不肯下重手，韓猛幾次死裡逃生，卻一而再，再而三的進犯雷首山，他不死，雷首山將永無寧日！」朱皓道。

「他死了，雷首山也將永無寧日，皇甫堅壽其心惡劣，與當年董卓無異，如果去年不是他蠱惑那萬餘百姓，又怎麼會有血染安邑的事情？誠然這是一種手段，可是這種手段未免也太過惡劣了。你是我的恩公，我不希望看到你和皇甫堅壽同流合污。但是我明確的告訴你，我祝公道曾經盟誓，劍下絕不殺一人，我這次只負責將皇甫堅壽帶回。」

朱皓見祝公道不答應，也不再說什麼，只拱手道：「有勞大俠了。」

「俠？我還算什麼俠?!二當家的，你對我有恩，我在此提醒你，當以大局為重。即使占據河東能夠成功，你和皇甫堅壽夾在華夏國和秦國之間，也必然會被其所滅，不如……」

「這是我的事情，與你沒有關係，你只負責救人便是了。」

祝公道點點頭，沒再說話，轉身便走，幾個起落的縱躍便消失了蹤影。

朱皓隨即傳令，讓部下緊守各處緊要山口，並且命人撤回在風陵渡一帶的人，回援山寨。

高飛騎著馬，帶著皇甫堅壽，兩人奔馳了數十里，尚未進入雷首山地界。此時天色已黑，高飛便停了下來，隨便找了個樹林休息。

「此處離雷首山山寨還有多遠？」高飛一邊生起篝火，一邊問道。

皇甫堅壽吭都不吭，說道：「我憑什麼要告訴你？你自己找去。」

高飛不再問，按照韓猛講的路線，估摸了一下路程，就算一夜不休不眠，至少也要等到明天早上才能進入雷首山。不是距離長，而是山路崎嶇不平，異常艱辛，這也是為什麼韓猛多次圍攻雷首山均是無功而返的原因。

過了一會兒，墨雲翻滾，黑暗籠罩，像死亡的幕簾垂落了下來，一股邪風吹起，吹滅了高飛所點燃的篝火，山林中百獸開始咆哮，狼嚎虎嘯，顯得更加陰森恐怖。

高飛裹了裹衣襟，感到一絲涼意。

這時候的山林未曾開發，蠻獸出沒，橫行無忌，若是膽小者，絕對不敢在此過夜。

等邪風吹過，他再升起一堆篝火，光亮照射周圍，也讓他有了點暖意。

忽然，一道白光疾速的朝他射了過來，從他面頰邊上飛過，削去了一縷白髮，白光也刺入他身後的岩石當中，同時一道黑影從空中飄落了下來。

那黑影正是祝公道，他指著高飛身後的皇甫堅壽說道：「我要帶他走！」

皇甫堅壽被五花大綁著，看見祝公道來了，立刻叫道：「祝大俠，快救我啊！」

祝公道點點頭，道：「我來，就是為了帶你走的。」

高飛聽了，立刻拔出隨身攜帶的長劍，問道：「你就是祝公道？」

祝公道見高飛一副糟老頭子的打扮，白髮蒼蒼、身形單薄，但是聽高飛說話的聲音卻透著一股渾厚，便知道此人是假扮的老者。他從背後抽出了長劍，仗劍而立，朗聲說道：「有意思，看來你是想打了？」

高飛對這個人很是防備，因為韓猛曾經被他逼得還不了手，劍法之高可想而知。而且，就在剛才那道白光射來的時候，他立即感到了一股淩厲的力道，深知此人的武藝不在他之下。

「知道你劍法高超，特來領教一二。」

高飛已經許久沒有真正的和人比試過了，戰場上他用長槍，遊龍槍法足以制敵，私下裡，他苦練劍法，可是一刻都不曾忘卻。

記得當年王越曾經將六招殘缺的劍法教授給他，只是他太過愚笨，未能領悟其中精髓，以至於始終無法將那六招劍法演變成遊龍槍法。他只記住招式，卻沒記住要訣，所以那六招劍法舞動起來也是有點不暢。

今日臨敵，他自然要死馬當活馬醫，用上那一套劍法，畢竟是王越畢生精要演練而成。王越當年斷手而去，自此消失的無影無蹤，他就是王越劍法的唯一傳人，怎麼著也要給這漢末第一劍客王越的臉上爭光。更何況，他並不希望這個叫祝公道的人帶走皇甫堅壽。

「你真要和我打？」祝公道藐視地道。

「要帶他走，必須過我這一關！」高飛毫不畏懼，橫劍在胸前，朗聲道。

「好，很好。」祝公道笑著說道，「那你來攻我吧。」

「得罪了！」高飛大叫一聲，挺劍向祝公道刺去，所用劍法，正是王越當年所教殘缺的六劍中的一劍，出劍飛快，準確異常，直取祝公道胸口要害，威猛無比。

祝公道皺了一下眉頭，「咦」了一聲，隨後臉上便恢復了平靜，讚道：

「很好！」

他長劍斜刺高飛左胸，守中帶攻，攻中有守，乃是一招攻守兼備的凌厲劍法。高飛看後，當即叫道：「好劍法。」

便在此時，高飛第一劍已然變招，第二劍凌厲刺出。祝公道長劍揮轉，指向高飛右肩，仍是守中帶攻、攻中有守的妙招。

高飛一凜，只覺來劍中竟無半分破綻，難以仗劍直入，制其要害，只得橫劍一封，劍尖斜指，含有刺向對方小腹之意，也是守中有攻。

祝公道當即回劍旁掠，笑道：「此招極妙。」

二人你一劍來，我一劍去，霎時間拆了二十餘招，兩柄長劍始終未曾碰過一碰。

高飛眼見對方劍法變化繁複無比，自己自從學得王越那殘缺的六劍以來，從未遇到過如此強敵，對方劍法中也並非沒有破綻，只是招數變幻無方，無法攻其瑕隙。

祝公道見高飛劍招層出不窮，他武功深湛，一一將其化解，但拆到四十餘招之後，出劍已略感窒滯，被高飛逼迫的無法再隱藏實力，終於一劍刺出，竟然是高飛向他刺來的第一劍，劍招凌厲異常，劍尖直指高飛的胸口。

高飛看到之後，登時吃了一驚，這正是他之前使用過的一招殘劍，在他手中怎麼都使不出威力來，可是如今被祝公道使出來，那一劍中隱隱含著風雷之聲，呼嘯般的向他刺來。

「錚！」四十餘招後，兩個人第一次雙劍碰撞，在夜色當中擦出了些許火花，雖然轉瞬即逝，卻耀眼非常。

一劍碰撞之後，兩個人的手都感到一陣酥麻微痛，同時向後退出了幾步，依然對視而立。

「你怎麼會使我的劍法？」高飛狐疑地問道。

「哈哈哈……天下劍法，萬變不離其宗，只不過，你學的並不到位，只學到了其形，卻學不會其精髓，那六招殘劍乃我畢生所創，精要非常，我猜，你的遊龍槍法一直沒有任何精進！」

祝公道也不再隱瞞，直接取下了戴在頭上的斗笠，露出了本來面目。

「你……」

高飛看到眼前的這個人，驚喜萬分，**沒想到祝公道就是銷聲匿跡的王越**，難怪能將那劍法使得如此精妙。

「沒錯，你知道我是誰就行。不過，那個人已經死了，從他斷掉左手的那一刻就已經死了，現在我叫祝公道。」祝公道淡淡地說道。

「你們……你們認識？那太好了，祝大俠，你快讓他放了我……」皇甫堅壽見到高飛與祝公道認識，當即開心不已地叫了出來。

祝公道突然右手甩出，一道白光射出，細小的銀針便直接刺進皇甫堅壽的昏睡穴，使皇甫堅壽昏瞬間睡了過去。

高飛見狀，便知道祝公道不願意讓皇甫堅壽聽到他們的談話，他便收起長劍，急忙走到祝公道的身邊問道：「你為什麼要救皇甫堅壽？別告訴我又是為了報恩……」

「你猜得沒錯，我確實是為了報恩。」祝公道爽快地說道：「只不過，是報朱皓的恩，而不是皇甫堅壽。」

「朱皓？」

「當年我斷手離去，因失血過多，昏倒在大街上，是朱皓將我救去，還請大夫為我醫治，他算是我的救命恩人。這幾年來，我更名為祝公道，遊歷江湖，於去年冬天和朱皓在風陵渡巧遇，這才留在了雷首山上。我一生以信義為先，對我有恩者，我會竭盡全力的去報答。」

高飛知道王越的為人，當年為了保護張讓，他也是捨生忘死，今日沒想到又在這種情況下遇到，不知道是不是天意弄人。

「俠之大者，為國為民，皇甫堅壽的為人，我想你比我更清楚……」

「嗯，我曾經勸過朱皓，可是皇甫堅壽和朱皓是結義兄弟，皇甫堅壽又是兄長，朱皓以結義兄弟的情誼，以皇甫堅壽為主，拜為山寨大當家。朱皓忠肝義膽，有其父之風，可是皇甫堅壽心術不正，妄圖竊據河東郡，蠱惑民心，我對他也沒什麼好感，不過，今天皇甫堅壽我一定要帶回去。」祝公道態度堅決地說道。

高飛知道拗不過祝公道，當即道：「很好，我和你一起回去。」

祝公道笑了笑，沒說什麼，走到皇甫堅壽的身邊，直接將皇甫堅壽扛在了肩上。

「有你在，我想我勸說朱皓的機率會更大一些。」高飛明白祝公道的意思，跟在祝公道的身後快速朝山上趕去。

「你的劍法還有待精進，是練習不得其法所致，待此間事情一了，我會將那六招劍法的精要盡數講解給你聽，並幫助你演練成槍法，對你以後的武藝會有很大的提升。」

高飛點點頭，說道：「待事情完了，師父就去薊城吧，我現在是皇帝了，你也就成了帝師，地位尊貴，比你到處流浪要好得多。更何況，一日為師，終身為父，師父已經快四十的人了，終究要有個安身立命的地方吧？我現在是有兒子的人，如果師父能夠再以帝師的身分出來教授我那兩個兒子劍法，我將感激不盡。」

祝公道浪跡江湖這幾年，也聽說了高飛的事，去年聽聞高飛稱帝，就是要回來見高飛一面的，只是途中遇到了朱皓，這才耽誤了事情，想把朱皓的事情解決了，再去薊城找高飛。

有一個徒弟當了皇帝，這是何等的榮耀，祝公道也不是傻子，自然知道這個好處，他也想成名，有了這個靠山，以後便會有人為他著書立傳了。

「嗯，陛下盛情相邀，草民敢不效力！」祝公道答道。

高飛哈哈笑道：「如此最好。」

於是，一路上兩人邊走邊聊，高飛也從祝公道的口中知道了他這幾年來的經歷。

天色微明，高飛在祝公道的帶領下倒是少走了不少冤枉路，很快就到了雷首山的大寨。

進入大寨後，祝公道拔出插在皇甫堅壽昏睡穴上的那根銀針，然後扛著皇甫堅壽，和裝扮成老頭的高飛一起來到山寨的大廳。

朱皓一夜未眠，兩眼通紅，見祝公道帶著皇甫堅壽回來了，急忙上前道：「多謝祝大俠的救命之恩，我代皇甫兄謝過了。」

「莫謝我，要謝就謝謝他，是他同意了，我才能把皇甫堅壽帶回來的。」祝公道指著高飛說道。

朱皓聽了一怔，見祝公道指著高飛，心中一凜：「莫非這位老者的武藝要比祝公道還要高？」

他打量了一下高飛，見高飛紅光滿面的，尤其是兩隻眼睛炯炯有神，便拱手道：「多謝老丈的救命之恩，敢問老丈姓名，日後晚輩也好報答……」

不等朱皓把話說完，高飛便自動撕下貼在下巴上的鬍鬚，說道：「朱兄，還認識我嗎？」

朱皓從高飛一進門便覺得奇怪，如此大的年紀，卻步伐輕盈，身姿矯健，就連眼神也是炯炯有神的，現在見高飛揭去了假鬍鬚，就連臉上的皺紋也沒了，露出一張清俊堅毅的臉龐來。

他仔細地看了看，似乎有點似曾相識，卻一時間想不起來是誰，遲疑地道：「閣下是……」

第五章

關山飛渡

這一路上關山飛渡，讓三人吃了不少苦頭，對司馬懿可說是一次實戰磨練，出山後，司馬懿果然變得成熟許多，不再像之前那樣嘰嘰喳喳的，也或許是進入到秦境的緣故，聽到的都是秦腔，讓他覺得像是鴨子聽雷。

「在下高子羽！」

朱皓聽後，登時愣住了，驚呆地望著高飛，印象中他似乎曾經見過這個人，往日一幕幕浮上腦海，眼前突然豁然開朗。

待他反應過來後，急忙跪在地上，叩拜道：「罪民朱皓，參見華夏國大皇帝陛下！」

高飛急忙將朱皓扶起來，說道：「這裡沒有皇帝，只有朋友。朱兄，你是大漢將門之後，何以淪落到此？我華夏國正缺少你這樣的人才，不知道朱兄可有意願歸順我華夏國？」

朱皓臉上露出一絲難色，看了看還在昏睡中的皇甫堅壽，嘆道：「此間事情，由不得我做主……」

「你和皇甫堅壽的事，我已經聽祝大俠說了，如果你願意，你和皇甫堅壽都可以來我華夏國，雷首山地勢險要，雖然易守難攻，但是這裡猛獸不少，我聽說這裡有三四萬百姓，想必衣食住行都很困難。就算你不為自己打算，也應該為百姓打算吧？我華夏國並非如你們想像的那樣，如果你願意接受招安，河東知府就由你擔任，河東是個重要的地方，與秦國相鄰，北邊和匈奴接壤，此地若不平定，以後必然會成為後患。」高飛誠心地道。

朱皓知道高飛以仁義治國，安邑一事，說到底錯還是在他們這邊。

本來朱皓和皇甫堅壽是投降了，可是誰知道皇甫堅壽看到韓猛帶著極少的兵力進城後，便心生歹念，中途變卦，夜襲韓猛，又放火燒城，使萬餘無辜百姓葬身火海。

後來，皇甫堅壽更是把責任推給韓猛，硬說是韓猛不接受投降，任意殺伐，激起了民變，這才帶著部眾來到雷首山。

「陛下以仁義治國，又為雷首山的事不惜以身犯險，親自造訪，朱皓若再不歸順，就是不識時務了。陛下在上，請受朱皓一拜！」朱皓想了想，為了四萬多百姓的後路，決定投降，當即跪拜道。

高飛不等朱皓跪下，便一把攙扶住朱皓，說道：「朱知府不必多禮，我早說過，這裡只有朋友，沒有君臣。我雖然是皇帝，可和你們也沒有什麼兩樣。只是，一會兒皇甫堅壽醒過來後，又該如何是好？他似乎不像朱兄這麼通情達理吧？」

「皇甫堅壽也是一時鬼迷心竅，罪民自有辦法將其說服。其實，皇甫堅壽之所以變成這個樣子，也是因為其父皇甫將軍意外身亡所致。當年家父和皇甫將軍一起應劉虞之邀，去調停諸侯混戰的局面，不想席間竟然被二袁殺死。皇甫堅壽昔日和董卓交厚，二袁為了要斬草除根，便四處搜捕我和皇甫兄，我們二人這才躲了起來，只可惜劉虞之子劉和成了袁紹的刀下亡魂……」

說起往事，朱皓的心裡就一陣難過，他和皇甫堅壽之所以流落到此，也是一陣辛酸。

兩人在逃亡的路上一直隱姓埋名，直到袁紹被高飛擊敗之後，才得以恢復姓名，說到底，高飛也算是替他們二人報了父仇，今日又親自來到這裡招降他們，對朱皓來說，已經是莫大的榮幸了。

「只是皇甫堅壽為人剛烈，朱兄可有拿住他的辦法嗎？萬一他死活不同意的話，鬧將起來，只怕這事還是無法處理……」

高飛對皇甫堅壽始終存著一分戒心，生怕皇甫堅壽不同意，萬一鬧起來，苦的還是這裡的百姓。

「請陛下放心，我自有辦法，必然能夠勸他歸心於陛下。」

祝公道在一旁道：「如果可以的話，我希望能廢去他的武功，封住他全身幾處大穴，讓他無法再使出武藝……」

「萬萬不可如此……」朱皓拍拍胸脯道：「陛下，皇甫堅壽只是一時鬼迷心竅，我自有化解其心中怨氣的法子，還請陛下給皇甫堅壽一個改過自新的機會，也許以後皇甫堅壽會戴罪立功，為華夏國立下不朽功勳……」

高飛想了想，覺得朱皓說得也有道理，便道：「那就依你之言，給皇甫堅壽一個改過自新的機會。如果我沒猜錯的話，現在韓猛已經占領風陵渡，雷首山四周已經被包圍了，我不希望有太多人知道我的身分，所以……」

「我等明白。」朱皓和祝公道一起說道。

高飛這又黏上了鬍鬚，然後將假皺紋也給貼上，恢復成老態龍鍾的樣子。

「朱兄，可有筆墨嗎？」高飛整理好容貌後，突然問道。

朱皓道：「有！」

不一會兒，朱皓親自拿來筆墨，擺放整齊後，遞到高飛的面前，說道：「陛下請用……」

高飛拿過筆，當即奮筆疾書，洋洋灑灑的寫下一道聖旨，並且從懷中掏出一個御用的印章，蓋上印鑒。

完事之後，將聖旨交給朱皓，說道：「此乃我親筆所書，上面也有我的私章，雖然加蓋的不是玉璽，可也能代表這道聖旨的真實性。我走之後，你便可以捧著這道聖旨去安邑上任，招散流民，驅散賊眾，若有從軍者，就地組建一支軍隊，河東從此以後歸我朝廷直接管轄，不屬於任何州。洛陽一帶流民對你們心有所向，其餘人不便插手，還是交給你們治理。」

朱皓接過聖旨後，感激涕零，他看到聖旨上寫封他為河東知府，鎮軍將軍，就連皇甫堅壽也被封為了討虜將軍。

「謝陛下隆恩，朱皓必然將河東百姓治理得安居樂業！」

高飛扶起朱皓，看了一眼祝公道，道：「我要走了，這個給你，你拿著這個去薊城，找樞密院太尉賈詡，他會妥善安排你的。」

祝公道接過高飛遞過來的玉佩，問道：「陛下要去哪裡？」

「去秦國，我還有很重要的事情要做。」高飛道。

朱皓急忙道：「秦國？秦國和華夏國是敵對國，陛下這樣去，豈不是羊入虎口嗎？罪臣懇請陛下收回成命。」

「陛下，朱知府說的在理，我去年剛從秦國回來，秦國現在局勢不太穩定，陛下有什麼重要的事情，可以交給我來做……」

「不入虎穴焉得虎子，有些事，必須要我親自去才能奏效。」

祝公道想了想，說道：「我一生飄零，這次又能遇到陛下，實在是三生有幸。陛下若不回薊城，我去了也沒啥意思。不如跟隨陛下一起去秦國，憑我這手劍法，如有什麼危險，也可以安全的保護陛下離開。」

高飛見祝公道執意要跟隨自己一起，沒有反對，說道：「好吧，有帝師陪同，此行我就更加信心十足了。」

祝公道很感激高飛總是稱呼他為帝師，抱拳道：「陛下叫我公道即可。」

朱皓聽到二人的對話後，這才知道原來祝公道是高飛的師父，難怪兩人如此親密。

高飛又吩咐了朱皓一些事，朱皓聽後也很受用，交代完畢，高飛便在祝公道的陪同下離開了雷首山大寨。

朱皓要送，被高飛拒絕了。

高飛和祝公道走後許久，朱皓還站立在山寨門口張望，向高飛揮手告別。

「真沒想到，他居然就是那個狗皇帝……」

朱皓聽到耳邊傳來一句，急忙扭臉，看見皇甫堅壽不知道什麼時候站在自己的身後，急忙說道：「大哥，你什麼時候……」

「你們談話的時候，我都聽得一清二楚……」

「你……你早醒了？」

「嗯。」

「那你……」

「你不用說了，我都知道了，一切的錯都在我，既然他能以皇帝的身分親自前來勸降，我又有什麼還能放不下的呢？再說，袁紹也是他殺的，父親的仇也等於是他替我們報了。」

朱皓道：「大哥能這樣想，我就安心了，其實陛下他……」

「我懂，一切錯都在我。」

朱皓不再說話，和皇甫堅壽相視而笑莫逆於心。之後，朱皓和皇甫堅壽一起率眾出雷首山，準備歸降韓猛。

高飛和祝公道原道返回，剛出雷首山，便看見韓猛率軍堵住了出山的道路。

韓猛見高飛和祝公道一起出來，登時顯得很緊張，當即拔劍道：「祝公道，放開特使大人！」

高飛笑道：「無妨，他是自己人。」

「自己人？」

韓猛不禁怔在當場，這個人曾經兩次將自己陷於死地當中，真的是自己人嗎？說話間，高飛和祝公道一起走到了韓猛等人的身前。

司馬懿從人群中擠了出來，抓著高飛的衣角說道：「師父，你沒事吧？」

「你希望我有事？」高飛反問道。

「徒弟不敢……徒弟不敢……」司馬懿畏懼地說道。

高飛笑著牽著司馬懿的手，對韓猛說道：「一會兒皇甫堅壽和朱皓會率眾出山歸降，一切善後的事情就交給他們了，你接受歸降之後，將並州之兵全部撤回並州，不得有一個留在河東境內。」

「諾！」

說完話，高飛帶著司馬懿，祝公道跟在高飛的身後，便要離開。

韓猛見高飛要走，急忙喊道：「特使大人請留步，可否借一步說話？」

高飛點點頭，鬆開司馬懿的手，對韓猛道：「你跟我來。」

韓猛跟隨著高飛走了好遠，在密林中停下來後，便道：「特使大人，我有句話不知道當講不當講！」

高飛道：「我知道你想說什麼……」

「特使大人知道下官要說什麼？」韓猛驚詫地道。

「嗯，你已經知道我是誰了，對吧？」高飛直接點破主題道。

韓猛左顧右盼了一番，見粗大的樹幹遮住了他們，遠處的士兵根本無法看見他們在樹林裡的情況，當即跪在地上，道：「罪臣韓猛叩見陛下！」

「嗯，你確實有罪，有欺君之罪。如果不是朕恰巧來到此處，只怕還被你蒙在鼓裡。你想當然的將雷首山部眾當成了一般山匪，卻不想這夥山匪如此頑疾，竟然拖了你半年之久。你欺上瞞下，致使這裡生靈塗炭，百姓人人自危，更是對我華夏國排斥異常，你罪責難逃。」

「罪臣知罪，請陛下降旨責罰！」韓猛一臉的愧疚，俯首說道。

高飛道：「念在你昔日的功勞上，暫時扣除一個月俸祿，並州知州你即刻卸任，上書參議院，請參議院委派合適人選出任。」

「罪臣遵旨，罪臣毫無怨言。」

「那就這樣吧，朕先走了。」

高飛話音一落，便大步流星地朝人群走了過去，向祝公道和司馬懿招呼了一聲，祝公道、司馬懿便跟著他一起離開了。

韓猛見高飛走了，這才鬆了口氣，抬起袖子擦拭了一下額頭上滲出來的冷汗，自言自語道：「真是好險，陛下格外開恩，真是我之萬幸……」

祝公道、司馬懿騎著馬，跟在高飛的身後。

走了好遠一段路，司馬懿見祝公道頭戴斗笠，戴著黑色手套的左手一直垂在身前，未曾動過，覺得很是好奇，小聲問道：「師父，這個人究竟是誰啊，也要跟我們一起上路嗎？」

高飛點點頭道：「他是你的師公。」

「師公？是師父的師父？」司馬懿驚道。

「嗯。」高飛輕描淡寫地說道。

司馬懿瞥了祝公道一眼，問道：「師公，為什麼你的左手那麼奇怪，總是戴著手套？」

高飛呵斥道：「仲達！不該問的就別問！」

「仲達知道了。」司馬懿見高飛動怒，便不再說話了。

祝公道笑了笑，道：「童言無忌，無妨。你要是想看，我可以把手套摘下來讓你看。」

「不了，不該看的，我不會看的。」司馬懿抬起頭，目視遠方，一本正經地說道。

祝公道哈哈笑了起來，問道：「陛下，你是從哪裡弄來這麼一個小孩？」

「我不是小孩！」司馬懿反駁道。

「嗯，我知道，你是大小孩。」祝公道一臉笑意地說道。

高飛並不說話，知道這是祝公道在逗司馬懿，忽然覺得路上多了一個同伴，或許會熱鬧不少。

中午過後，三人一起來到了風陵渡。

風陵渡已經被華夏國的軍隊接管了，韓猛在這裡留了兵駐守，士兵們看見高飛等人到了，便急忙上前問候。

於是，高飛吩咐備船，送他們渡河，士兵也照做。

一行人來到黃河西岸後，高飛抬頭便看見了潼關，巍峨的潼關矗立在那裡，當真是雄關虎踞。

潼關的東門城樓北臨黃河，面依麒麟山角，東有遠望溝天塹，是從東面進關的唯一大門，峻險異常，大有「一夫當關，萬夫莫開」之勢。

進關時，沿著東門外陡坡道拾給而上，舉目仰望關樓和巍峨的麒麟山，恰如一隻眈眈雄視的猛虎守衛著陝西的東大門。

一下了船，高飛便隱隱約約地看到潼關城樓上巡邏的秦軍士兵，但是站在關城上的士兵卻未必能夠看見他們，因為這附近被樹林遮擋的十分嚴密，給人一種陰暗的感覺。

「如今我們已經踏入秦國地界，說話行事都要事事小心，從現在起，我姓唐，名亮，字一明。」高飛再次交代道。

「我是啞巴，是唐老丈的家奴。」祝公道自道。

「我……我還叫馬一。」司馬懿道。

高飛點點頭道：「就這樣定了。只是，潼關城門緊閉，如何能從這裡進入秦境？」

「此間有一條小道，一般人都不知道，只要翻越過去，就可以越過潼關。」祝公道答道。

「奇怪，潼關不開門，禁止通行，即使風陵渡的客商渡過黃河，馱隊也無法進入秦境，為什麼他們還要從風陵渡渡河？」高飛奇怪地說道。

祝公道回道：「其實潼關守將並非把守森嚴，只要是馱隊，一般都會放其通行，但是首先要向守關之人交點錢財，而且能夠出關的馱隊，也大多都是秦國境內允許的；也就是說，秦國鼓勵客商出關進行貿易，但是獲得的錢財，商人們和秦國朝廷平分。所以真的能夠從此關進出的，都是秦國知根知底的商隊。」

聽完這個解釋後，高飛這才明白，當即對祝公道說道：「可惜我們沒有馱隊，否則我也要從正門進入秦境。」

「八百里秦川，潼關才是第一步，不知道我們的目的地是何處？」祝公道問道。

「長安。」

祝公道不再問了，轉身對高飛說道：「請跟我來。」

高飛牽著司馬懿的手，跟著祝公道，三人開始攀爬山嶺，很快便進入一處山谷，三人便在山谷間穿來穿去。

到得午間，在山坳裡見到一株毛桃，桃子尚青，入口酸澀，三人也顧不得這許多，採來飽餐一頓。休息了一個多時辰後，再出發前行。

到黃昏時，祝公道終於尋到了出谷的方位，但須翻越一個數百尺的峭壁。

高飛見司馬懿太小，走這麼多路已經累得不行了，體力嚴重透支，便將司馬懿背負於背上，準備攀爬而上。哪知，祝公道將司馬懿搶了過去，放在自己的背上，帶著司馬懿騰越而上。

高飛也不阻攔，畢竟比起這飛簷走壁的功夫，他不如祝公道。

好不容易登上峭壁，放眼一條小道蜿蜒於長草之間，雖然景物荒涼，總是出了那連鳥獸之跡也絲毫不見的山谷，三個人都長長吁了口氣。

此時正值初春，萬物復蘇，春暖花開，黃河上游的萬山叢中，積雪消融，封冰解凍，黃河流量劇增。

高飛站在峭壁上北眺東望，只見銀光四閃的冰凌伴隨著河水洶湧而下，水天一色，眼前一葉葉冰船傲居浪頭，忽高忽低，時隱時顯，有的排著長隊，中流爭渡；有的單槍匹馬，岸邊徘徊。風聲、水聲、隆隆的冰塊相撞聲，威武雄壯，激蕩情懷。

他現在所處的位置，正好是潼關北邊的峭壁上，從高處俯瞰，整個潼關盡收眼底，裡面兵馬雖然不多，可是借助地利之勢，依然巍峨不動。

高飛坐在一塊岩石上喘著氣，將所見到的潼關內的兵力分布情況牢牢地記在了心裡，以求以後有所用途。

他在現代曾經聽說過潼關八景，只是如今他看到的，也不知道是哪幾景，但可以肯定的是，潼關這裡除了地勢險要之外，風景確實很美。

夕陽西下，暮色四合，道道晚霞映在天空中，景色宜人，使人陶醉其中。

祝公道看了高飛一眼，見高飛已經精疲力盡了，而且天色即將黯淡下來，便對高飛道：「陛下，從昨晚到現在，您一直沒有休息過，今天又體力透支，不如就暫且留在這裡過夜，我去找個山洞，尋些野果，或打些野味來，好好的休息一晚，明日再趕路不遲。」

高飛點點頭道：「如此甚好。」

「陛下在此稍等，我去去便回。」

祝公道話音一落，縱身向遠處跳去，身輕如燕的他，腳尖在岩石上輕輕一點，便立刻跳出很遠，很快便消失在暮色之中。

高飛看了一眼坐在他身邊的司馬懿，小司馬懿累得有氣無力的喘著氣，估計這是他人生中第一次走過最遠、最長的路，他伸手摸了一下司馬懿的額頭，關心地問道：「累嗎？」

「有師父在，我就不累……」司馬懿強打著笑容說道。

「這也算是對你的一種磨練吧，以後你會感激我的。」高飛將司馬懿輕輕地攬在懷裡。

不多時，祝公道回來了，他找到了山洞，在前面帶路，高飛和司馬懿在後面緊跟著他的腳步，很快便進入一個天然的小山洞。

祝公道在山洞內升起篝火，又去打來野味，弄了水源，一切都弄好之後，便伺候著高飛吃喝。

吃飽喝足後，高飛和司馬懿躺在鋪好的乾草垛上幾乎倒頭就睡，祝公道則盤膝而坐，守在山洞門口，就這樣過了一夜。

次日清晨，三人沿著小道繼續向前走，翻越一座又一座的山峰，歷經三天時間，才算走出群山，進入到華陰縣地界。

這一路上關山飛渡，讓三人吃了不少苦頭，對司馬懿可說是一次實戰磨練，出山後，司馬懿果然變得成熟許多，不再像之前那樣嘰嘰喳喳的，也或許是進入到秦境的緣故，聽到的都是秦腔，讓他覺得像是鴨子聽雷。

到得一處大市鎮，高飛從懷中取出錢財，要祝公道去找客棧投店借宿。

一進客棧，司馬懿就去睡覺了。高飛叫了一桌酒席，命店小二送來一罈酒，和祝公道痛飲了半罈，飯也不吃了，一個伏案睡去，一個爛醉於床，直到次日紅日滿窗，這才先後醒轉。

醒來之後，祝公道對高飛說道：「且在此休息片刻，我去去便回。」話音一落，不等高飛回答，拿了長劍便走出客棧。

高飛見祝公道風風火火的樣子，笑道：「遊俠真是遊俠，一身豪放不羈……」

「師父，什麼時候了？」司馬懿這時醒了過來，揉著眼睛，一臉迷茫地問道。

「還早，你再睡會兒吧。」

「哦！」司馬懿應了一聲，繼續躺下睡了。

高飛自覺肚子有點餓，便叫店小二送來酒肉，胡亂吃了幾口，填飽了肚子。

祝公道這一去，竟然是一個多時辰。高飛正自擔憂，生怕他遊俠性子犯了，遇到什麼不平事，就忍不住出頭和別人打鬥一番。剛欲起身去尋他，卻見他雙手大包小包，挾了許多東西回來。

祝公道打開包裹，一包包都是華貴衣飾，說道：「主人雖然老人的模樣有了，可是全身透著一股貴氣，若不打扮成富商的模樣，就太惹人生疑了，而且越闊綽越好。」

高飛想想也覺得是如此，見祝公道心細，當即點點頭說道：「嗯，你說的有道理。」

於是，高飛換上一身新衣服，全身上下都顯著十分貴氣。

祝公道連同司馬懿的東西的也買了，叫醒司馬懿，讓他也換上衣服，就連他也裡裡外外煥然一新。

出得店時，店小二牽過一匹鞍轡鮮明的高頭大馬以及一輛馬車走了過來，這也是祝公道買來的。

祝公道乘馬而行，高飛和司馬懿坐在馬車裡，還請了一個趕車的車夫，一行人向西前行，離開了這個鎮。

當晚，三人來到華陰縣城。

一進華陰縣城，祝公道便對坐在車裡的高飛說道：「主人，我有一位好友住在此地，今夜可在他家住宿一晚，明日再趕路不遲。」

「嗯！」

自從祝公道跟著高飛後，裡裡外外的事都弄得井井有條，當真像是一個富家的家奴，將主人伺候得服服貼貼的。

進得城來，一路上行人比肩，好不熱鬧。

一行人來到縣城北邊，一處大莊院便映入眼簾，遍地都是梅樹，老幹橫斜，枝葉茂密，此時正值初春梅花盛開之日，香雪如海。

穿過一片梅林，走上一條青石板大路，來到一座朱門白牆的建築前，大門外寫著「**祝家莊**」三個大字，只見這幾個字儒雅中透著勃勃英氣，想必是出自大家之手。

祝公道下馬，走上前去，抓住門上擦得精光發亮的銅環，將銅環敲了四下，停一停，再敲兩下，停一停，敲了五下，又停一停，再敲三下，然後退到一旁。

過了半晌，大門緩緩打開，走出兩個家人裝束的老者。

高飛此時下了馬車，看到那兩個人時，微微一驚，這兩個人目光炯炯，步履穩重，顯然武功不低，卻如何在這裡幹這僕從廝養的賤役？

左首那人見了祝公道，躬身道：「原來是祝大俠光臨，真是有失遠迎，我家莊主要是知道大俠去而復返，必然會歡喜異常。」

祝公道指著高飛說道：「此乃我之主人唐公，今夜路過此地，叨擾貴莊了。」

那人道：「大俠親自臨門，莊主必定欣喜若狂，唐公既然是大俠之主，也是鄙莊客上客，莊主又豈會怠慢。」

說著，便將莊門打開，右首那人道：「大俠請，唐公請。」

祝公道走到高飛身邊，說道：「主人，我和這裡的莊主交情頗深，主人儘管放心在此住宿，請主人跟我來。」

高飛對祝公道自然不會懷疑，看來祝家莊似乎和祝公道有些淵源。

「仲達，隨我進來！」高飛朝身後的司馬懿叫道。

司馬懿緊跟在高飛身後，一改往日的調皮，顯得極為老成。

左邊那人將高飛三人迎入莊，右邊那個人則將馬匹、馬車牽入莊內，還打賞了車夫一些錢財。

莊內甚大，到處種的都是奇花異草，芳香撲鼻，直入心脾。除此之外，莊內還有一處假山湖，湖水在橋下流淌，假山矗立在橋邊，泉水叮咚，十分的幽靜。

將高飛等人引入莊內的那個人，幾步路的功夫便消失得無影無蹤，再次出現時，則是站在一名中年勁裝男子的身後。

那中年男子身材修長，一露面便是笑意綿綿，雙目炯炯有神的望著祝公道，喊道：「公道大哥，你可真是想死老弟我了！」

祝公道也是一臉笑容，說道：「公平賢弟，這次又要來叨擾你了。」

「大哥說的是哪裡話，我們自家兄弟，說什麼叨擾不叨擾的，我家就是你家，來來來，快點裡面坐。」

「等等，這位是我的主人唐公，公平賢弟還需多加禮遇才對。」祝公道指著高飛說道。

中年漢子看了高飛一眼，走到高飛面前，說道：「在下祝公平，乃此莊莊主，也是公道大哥的賢弟，拜見唐公。」

高飛客套道：「祝莊主好！」

祝公平豪爽地道：「唐公既然是公道大哥的主人，也就是我的主人，祝家莊也就等於是唐公的地方，在自家地方用不著那麼客氣。唐公，請！」

於是，高飛在祝公道、祝公平的左擁右簇下進入大廳。

進入大廳後，高飛被安排在上首位置，祝公道、祝公平、司馬懿則坐在下首，下人立即端上茶水。

祝公道道：「唐公，今夜在此處休息，明日一早再上路，有公平在此，必然能夠送我們安全去到長安。」

高飛點點頭，任憑祝公道安排。

祝公平聽祝公道說起長安，好奇道：「唐公要去長安嗎？」

「嗯，去長安有點事情。」高飛捏著嗓子，裝出老邁的嗓音道。

祝公平臉上露出難色，轉臉對祝公道道：「公道大哥，此去長安，只怕有點不妥……」

「有什麼不妥？」高飛問道。

「年關時，有人公然行刺秦國的皇帝，使馬騰受了重傷，如今長安上空烏雲密布，刺客一直未曾抓到，現在這時候進入長安，只怕會有些麻煩。」

「怎麼樣的麻煩法？」高飛追問道。

「現在的長安，只許進，不許出，長安城十個城門全部被關閉了，就連進入長安也需要費上不少周折。」祝公平說道。

高飛想了想，說道：「馬騰被刺，此事必然不小，這個時候長安城內定然是滿城風雨，軍隊把住城門只許進不許出，城內百姓也一定會怨聲載道，趁這個時候進入長安城內，也許正是個時機。」

祝公道接話道：「主人說什麼，我就做什麼，一切主人拿主意就好了。」

祝公平見祝公道對高飛畢恭畢敬，便不再多說什麼，道：「好吧，既然唐公已經做了決定，我理當送唐公進長安。今日暫且在敝莊歇息，明天一早我就親自送唐公和公道大哥去長安。」

祝公平和祝公道認識不是一天兩天，也知道他就是王越，祝公道不過是他的化名。昔年縱橫四海，豪放不羈，天下無敵的劍客，今日卻甘願成為一個富翁的家奴，這讓他有點想不通。但是礙於高飛在此，他不好追問太多。

隨後，下人們端上酒菜，眾人吃喝之後，高飛便去休息了。

祝公道將高飛送到房間，道：「主人且安心休息，明日便可去長安。有什麼事，儘管叫我，我就在隔壁。」

高飛順口問道：「你叫祝公道，這個名字是根據祝公平起的吧？」

「主人猜得沒錯，我就是照公平賢弟的名字取的，他是我多年的好友，二十年前就認識了，交情可謂情同手足，只是公平賢弟家大業大，留在關中，不像我，四處遊蕩。」祝公道也不隱瞞。

高飛道：「這個莊院確實不是一般人能夠擁有的，祝家莊內，家丁極少，可是每個都是練家子，應該是祝公平豢養的食客吧？」

「正是，公平賢弟好武，自身劍術就很高超，所豢養的也都是箇中好手，所以整個祝家莊上下並沒有太多家丁，平常大家沒事也切磋切磋武藝。主人，你且休息，我先告退了。」

祝公道退出高飛的房間後，見祝公平站在房廊下，示意他過去，他便走到祝公平的身邊，問道：「什麼事？」

祝公平推開房門，一臉笑意地道：「進去詳談。」

進入房間後，祝公道道：「公平賢弟，有什麼話，你就說吧。」

「大哥，唐公究竟何許人也？竟能讓身為天下第一劍客的你對其卑躬屈膝？這可是我從未見過的事。」祝公平好奇不已。

「公平賢弟，你也知道，為兄向來有恩必報。唐公於我有恩，所以……」

祝公平不滿地說道：「大哥，你是不是不相信兄弟我？用這種藉口搪塞兄弟！」

「好吧，告訴你也無妨。」

於是，祝公道便將高飛的身分告訴了祝公平。

祝公平聽後，怔了好半天，這才緩緩說道：「難怪大哥對唐公保護的如此周密，原來他就是……那麼大哥和唐公此行的目的是？」

「這個我也不清楚，我也不問，問多了，未必是一件好事。公平老弟，你我相識二十載，此次進入長安，還希望你多多保護唐公安全。長安乃秦國帝都，我雖然劍法卓絕，但若對付成千上萬的兵勇，終究有些力不從心。你莊上的人個個都是好手，萬一真的遇到什麼麻煩，還請施以援手。何況在長安城裡，你的徒弟遍布每個角落，有你在，一定能夠確保唐公無虞。」

祝公平知道事情的真相後，突然感覺身上的擔子很重，但是他毅然挑起這個重擔，拍拍胸膛，對祝公道說道：「大哥儘管放心，有我在，必然不會讓唐公有所閃失。」

兩人相視而笑，莫逆於心，昔日漢末兩大劍客，東都洛陽有王越，西都長安有祝公平，兩個人都是當世絕頂的劍術高手，遊俠天下，專打抱不平，也因此觸犯了不少法律，遭到通緝。

後來，趕上大赦，兩人在華山之巔偶遇，惺惺相惜下，切磋武藝，從此引為知己。感嘆亂世即將來臨，卻依然無法有所作為，單憑一己之力無法為更多人謀求幸福，於是各自去開武館，教授徒眾，也從此開啟了兩大宗師的辛酸之路。

王越的人生是悲劇的，祝公平的人生經歷也好不到哪裡去，武館沒開多久，就遭到當權之人的打壓，最終無疾而終。

多年後，兩人再次相遇時，已經是一把年紀了，祝公平開設武館失敗後，便隱居祝家莊，畢竟他家是當地士紳，不愁吃不愁喝，索性也落得個清閒。

王越就慘了點，自從當年斷手後，被朱皓救起，傷勢好轉後，便揚塵西去，投了祝家莊，在祝家莊小住兩年，從此隱姓埋名，與祝公平結為兄弟，並且以祝為姓，改名為祝公道。

第二天一早，高飛、司馬懿、祝公道在祝公平的安排下，上了馬車，祝家莊也關門落鎖，十餘名家丁一起上路，並帶上路上可能用到的東西，浩浩蕩蕩朝西揚長而去。

巍峨長安矗立在關中大地上，城牆上秦軍士兵林立，城門緊閉，黑色的「秦」字大旗迎風飄展，呼呼作響。

大道上，幾輛馬車緩緩朝長安城駛來，守城士兵早已看得一清二楚，立刻稟告守將。

守將遠遠眺望，看到馬車上掛著一面小旗，上面繡著「祝」字，當即眼前一亮，對部下吩咐道：「快打開城門！」

說完，守將慌忙下了城樓，此時城門洞然打開，他讓士兵列隊出門歡迎，自己又整理了下行裝，站在門口等候著。

「大人，來的是什麼人，大人為何如此緊張？」守將的一個心腹問道。

守將笑道：「我的恩師來了，我當然要歡迎了，你快去備下好酒好菜，一會兒我要宴請恩師。」

「諾！」

馬車徐徐而來，祝公平掀開簾子，看到城門已經打開了，笑道：「這小子看來還沒把我給忘了。」

祝公道瞥了眼，道：「可是你的徒弟？」

「嗯。」

高飛聽了，不禁嘆道：「都是託了祝莊主的大名，我們才得以一路暢通無阻，沒想到還未到長安城，城門便已經向我們打開了。」

祝公平道：「也虧得走的是這個城門，若是換做別的城門，只怕未能如此順暢。」

不多時，馬車停下，祝公平先下了馬車，他那當守將的徒弟當即便湊了過來，拜道：「師父在上，請受……」

「哎！如今你是官，我是民，哪有當官的給百姓行禮的？」祝公平一把扶住自己的徒弟，笑著說道：「來，我給你引薦幾個人。」

「是！」

「這位是你的師伯祝公道，這位是唐公。」祝公平見祝公道和高飛都下了馬車，便一一介紹道。

司馬懿在一旁急忙說道：「還有我，我是唐公的徒弟。」

祝公平笑了起來，對高飛道：「唐公，此乃我的頑徒**劉宇**，現在在秦國城門校尉手下當差。」

「劉宇見過各位，我已經讓人備下酒菜，諸位請隨我進城吧！」劉宇客氣地說道。

高飛心想：「沒想到這麼容易就進了長安城，不知道是秦國的國都防禦太弱了，還是因為有祝公平的緣故？」

進入長安後，城門便關閉了，劉宇讓人去向城門校尉告了個假，便帶著高飛、祝公道、祝公平、司馬懿一行人回到自己在長安的住處。

劉宇的房子小，比不得祝家莊，平時也沒啥人，除了他的母親和妻子外，再無旁人，看其家境並不富裕。

還是祝公平闊綽，看到自己的徒弟有點落魄，便差下人給了點錢財，又讓隨從從車上取來酒肉，借劉宇家的廚房烹飪了一番。

趁著做飯的空檔，祝公平便打聽了下長安城中的近況。劉宇知無不言，言無不盡，將長安城中的狀況都一清二楚的說了。

原來，馬騰被人行刺是真，受了重傷，現在還臥床不起，凶手一直沒有抓到。至於到底是誰要行刺馬騰，坊間說法不一。這陣子，一直是太子馬超監國，處理朝廷軍政大事，在司空陳群的協助下，倒也沒出什麼亂子。

劉宇瞭解到的，都是些皮毛，他不過是為了混口飯吃，在城門校尉手下做個當差的牙門將，私自放祝公平入城一事，若不是他和城門校尉關係不錯，也不敢公然違抗。

高飛瞭解到了基本情況後，聽劉宇隻字沒有提到曹操的名字，好奇道：「劉將軍，我聽聞昔日魏國的亡國之君曹操流落到此，不知道秦國是如何對待他的？」

劉宇歪著頭說：「這個我就不清楚了，不過，我聽說好像那個叫曹操的被擱在涼州，當了一個縣令，他帶來的人則是被派到各地當縣令去了。」

「分而治之，這個方法確實能夠起到一定作用，但必須建立在密切監視的情況下才行，**看來馬超也知道曹操等人危險，但又不得不用他們，故而將他們調開，避免他們彼此聯絡，以防止做出對秦國不利的事情來……**」高飛聽後，心中暗想道。

高飛此行，就是為了曹操，得到這些消息後，接著問道：「不知道曹操被分在涼州的哪個縣當縣令？」

劉宇道：「這個我知道，曹操被派到敦煌郡玉門關當守將了，這件事當時還在整個長安城內傳開了呢，許多人都等著看曹操的笑話呢。」

高飛不再追問下去，怕問下去，劉宇會起疑心，便對劉宇道：「那司空陳群住在何處？」

「司空府啊，就在朱雀大街的盡頭，和丞相府挨著，一般人是不能隨便去的。怎麼，唐公想去拜見司空大人？」劉宇問道。

「是啊，我和司空陳群有過幾面之緣，聽說他是太子心腹，所以想去拜會一下，順便謀個官職。」高飛笑道。

「哦，那一會兒我帶你們過去吧，怕你們不知道路。」

高飛點點頭，不再說話了，靜靜地坐在那裡，若有所思的樣子。

接下來，便換成祝公平和劉宇在閒聊了。一會兒後，酒菜做好，大家圍坐一桌，開懷暢飲一番。

第六章

名士楊修

高飛聽到楊修二字，眼中登時放出異彩，站在他面前的白淨少年，居然是鼎鼎大名的楊修。楊修是楊彪之子，楊氏一門在東漢時期是世家大族，家族內代代被列入三公九卿，其先祖乃是歷史上赫赫有名的「四知先生」楊震。

酒足飯飽之後，高飛對祝公平、祝公道說道：「我要去趟司空府，順便拜訪一下丞相府，人去多了也不方便，所以，我只能帶一個。」

「我去。」祝公道自告奮勇地說道。

祝公平也不阻攔，當即道：「我和其他人守在朱雀大街外面，有什麼事情，也好有個照應。」

高飛點點頭，帶著司馬懿、祝公道乘坐一輛馬車，劉宇親自趕著馬車，緩緩地朝司空府而去。

祝公平則帶著十個武功高強的家丁尾隨其後，一路來到朱雀大街時，便暗藏在大街的暗處，密切關注著司空府的動向。

朱雀大街的盡頭，兩處大莊院對門矗立在那裡，左邊是司空府，右邊是丞相府，秦軍的士兵擋住了整個街道，不准人再向前靠近。

朱雀大街守衛森嚴，不得已，劉宇只好將馬車停在路邊。

待高飛三人從馬車上下來後，劉宇便拿著一個名刺遞了上去，對守在這裡的士兵塞了幾個錢，小聲道：「還請多多關照。」

士兵見錢眼開，朝裡面擺了擺手，示意高飛、司馬懿、祝公道進去，但是必須卸下全身武器，還要進行搜身。

接受過檢查之後，高飛三人這才進入了朱雀大街的末端，徑直走到司空府和丞相府的門前，不知道先進哪一個府好。

最終，高飛做出決定，決定先進司空府，他聽說秦國的丞相楊彪是個虛位，陳群才是掌控整個局勢的人。

祝公道遞上名刺，照樣給了些錢財，門人這才願意去通報。

過了一會兒，高飛便看見那個門人出來，招呼他們進去。

走進司空府大廳，高飛見大廳正中央坐著一個人，穿著一襲墨色的長袍，頭戴黑漆高冠，一根髮簪從中穿過，白面青鬚，顯得極為儒雅，正是司空陳群。

高飛和陳群見過面，只是並未說過話，而且離得也較遠，此時近距離觀看，覺得陳群頗有長者之風，氣質十分好。

陳群早在高飛、司馬懿、祝公道三人進入他的眼簾時，就開始打量起來了，卻是誰都不認識，便問道：「三位如何稱呼？」

高飛向前一步，行禮道：「老夫姓唐，名亮，字一明，是來自關東的客商，今日來到長安，特意前來拜見司空大人。這兩位一位是我的僕人，一位是我的徒弟。」

司馬懿、祝公道緊跟著向陳群行禮。

「哦，原來是唐公，不知道唐公來我司空府有何事？」

高飛道：「我聽聞貴國皇帝陛下遭人行刺，至今傷勢未癒，特地從關東帶來一條野山參，可以救人性命，所以想借這個機會，替皇帝陛下醫治一番。」

陳群聽後，當下來了興趣，問道：「那野山參，你可帶來了？」

「嗯。」

高飛當即讓祝公道拿來一個長方形的盒子，盒子很是精美，直接呈給陳群。

陳群接過後，打開盒子，見裡面果然躺著一條野山參，便對高飛道：「這野山參真的有那麼靈驗？」

高飛點點頭道：「是的，對臥床不起的病患尤其有用，這可是我從神醫張仲景的手中花重價買過來的，可以放心使用。」

陳群道：「如果真的有效，那你就是秦國的大功臣了。不過，唐公前來，應該不只是談獻這野山參的事吧？」

「呵呵，那我就不隱瞞了，我有一個徒弟，叫馬一，自幼聰明絕頂，只是缺少賞識他的人，聽聞司空大人在秦國位高權重，所以想通過司空大人舉薦一番，在秦國為官。」高飛道。

此話一出，讓司馬懿大吃一驚，一路上，他從未聽高飛說過要讓他留在秦國的打算，此時突然聽到，頓時驚慌失措，睜大眼看著高飛。

「哦，原來如此。不過他有沒有才華不是由唐公來定奪，而是我定奪。再說，他還小，一個小孩能幹什麼啊？」

「我不是小孩，四書五經我都樣樣精通，不信的話，你可以考我！」司馬懿不滿地道。

陳群笑道：「有個性。不過，在太子殿下直接管轄的區域內耍個性，反而會得不到什麼好的下場。」

司馬懿聽後，見陳群笑裡藏刀，一句話說出來往往別有深意，便不再說話了，保持沉默和冷靜。

「唐公，此事暫且作罷吧，他還是個孩子，再過兩年，或許才能有所擔當。」陳群搖搖頭道。

高飛見司馬懿被拒絕了，只是笑了笑，說道：「司空大人說的極是。」

陳群道：「唐公，還有別的事情嗎？」

「沒了。」

陳群道：「不知道唐公住在什麼地方？」

高飛便將住處告訴陳群，陳群聽完，說道：「嗯，三位回去好好歇息，等陛下身體好轉之後，必然會重重有賞。」

「那我等告退！」高飛很識相的帶著祝公道和司馬懿離開了司空府。一出司空府，司馬懿便氣呼呼地道：「整個人太目中無人了……」

高飛笑道：「我們去丞相府試試……」

說著，高飛和祝公道、司馬懿來到丞相府的門前，經過通報後，三人被迎入丞相府，來到大廳，看到一個年輕人站在大廳裡，並沒有看見丞相楊彪的身影。

年輕人見高飛、司馬懿、祝公道儀表不凡，拱手道：「三位前來拜訪，家父本應親自出迎，奈何家父有恙在身，只好由我來代替家父。在下楊修，不知道三位如何稱呼？」

高飛聽到楊修二字，眼中登時放出異彩，**站在他面前的白淨少年，居然就是鼎鼎大名的楊修**。仔細一想，也不禁覺得很在理。

楊修確實是楊彪之子，楊氏一門，在東漢時期一直是世家大族，家族內代代被列入三公九卿，其先祖乃是歷史上赫赫有名的**「四知先生」楊震**。

所謂的「四知」，指的就是**天知**、**地知**、**我知**、**你知**，楊震「暮夜卻金」的事名聞古今，後人因此稱楊震為「四知先生」。

楊震為官清廉，不謀私利，始終以「清白吏」為座右銘，嚴格要求自己，

「不受私謁」，這在古代是十分可貴的品德。楊氏一門，自楊震開始，之後歷經數代，在東漢一朝都是上流人物，對漢室的忠心自然不消說。

高飛當即拜道：「老夫唐亮，乃關東來的客商，途經長安，特來拜會。」

「久仰久仰。」楊修客氣地回道。

其實，楊修哪裡聽過唐亮的名號，一個客商而已，最下等的人，只是見高飛所裝扮的人年紀很大，出於尊老敬賢的關係，客套一番罷了。

眾人分別坐下後，楊修讓奴僕上茶，捧起香茗，品嘗了一口，問道：「不知道唐先生到丞相府有何貴幹？」

高飛道：「貴幹不敢當，不過是久仰丞相大人的威名，特來拜會一下而已。丞相大人的病，嚴重嗎？」

楊修嘆了一口氣，說道：「看過大夫了，大夫說是心病，只是這心藥卻無法找到。」

高飛尋思了一下，他和楊彪也曾經是一殿之臣，同朝為官，既然楊彪病了，他也有理由探望一下，何況他很清楚，楊彪未必真心跟隨馬氏。

於是，他抱拳說道：「楊公子，老朽也略通些醫理，或許能夠為丞相大人找到心藥，不知道能否讓老朽見見丞相大人，為丞相大人把把脈？」

楊修見高飛一臉誠懇，而且慈眉善目的，加上這朱雀大街裡外都有人把守，守衛森嚴，絕對不會有人攜帶凶器進來；再說，他也想父親快點好起來，便站起身子，對高飛說道：「那就有勞唐先生了，請先生隨我來。」

高飛點點頭，對祝公道和司馬懿道：「你們留在這裡，我隨楊公子去去就回。」

祝公道、司馬懿點點頭，靜靜地坐在那裡。

高飛跟著楊修進了內堂，走過一條長長的房廊後，來到一個房間，家奴侍立在門口，見楊修來了，紛紛行禮。

楊修問道：「今天怎麼樣？」

「大人還是不願意吃飯。」

「下去吧。」

楊修摒退左右後，對高飛道：「家父近日愈發嚴重，茶飯不思，面容憔悴。如果先生有什麼方法可以讓家父恢復往常神氣，在下定當重重感謝。」

高飛道：「我先進去看看，一切等把完脈後再說吧。」

楊修點頭，推開房門，將高飛請進了房間。

一進房間，高飛便聞到一股濃郁的中藥味，房裡的臥榻上躺著一個年邁的老人，花白的頭髮，面容甚是憔悴，看上去像是病入膏肓，將不久於人世的樣子。

「父親大人，有位關東來的先生，略通醫術，想為父親大人……」楊修走到臥楊一側，俯身對父親說道。

「走！讓他走，我不需要什麼大夫，我沒病……」楊彪躺在床上，抬起手有氣無力地說道。

高飛看到楊彪如此模樣，想起昔年在洛陽與他有過幾面之緣，那時候的楊彪身板硬朗，神采奕奕，和今日所見，簡直是判若兩人。

「關東有義士，興兵討群凶，初期會陳留，乃心在洛陽。」高飛突然朗聲誦道。

楊彪聽到這首詩，勉力撐起身子，抬頭看見一個滿頭白髮的老者站在屋內，雙目炯炯有神，臉上帶著一絲似有似無的惋惜，訝異道：「你……你剛才說什麼？」

「關東有義士，興兵討群凶。初期會陳留，乃心在洛陽。」高飛重複了一次。

楊彪對楊修道：「他是……他是誰？」

「關東來的客商，叫唐亮。」楊修急忙說道。

楊彪咳嗽了幾聲，說道：「你剛才誦讀的詩，可還有下句？」

「關東有義士，興兵討群凶。初期會陳留，乃心在洛陽。軍合力不齊，躊躇而雁行。勢利使人爭，嗣還自相戕。西北馬稱號，玉璽在北方。鎧甲生蟣虱，萬姓以死亡。白骨露於野，千里無雞鳴。生民百遺一，念之斷人腸。」

高飛將**曹操的《蒿里行》**給完整的背誦下來，但是更改了其中的幾句話。因為，由於他的到來，歷史的進程發生了轉變，曹操根本沒有機會去做這首《蒿里行》，完全是高飛直接拿來引用。

楊彪緩緩地將詩句默念了一遍，撐起身體，再看了高飛一眼，道：「先生大才，作此詩句，堪稱上品之作。如果沒有對前朝的一片赤膽忠心，以及有著欲救民於水火之中的志氣，絕對不會寫出此等有胸懷和抱負的詩句。楊彪孤陋寡聞，未曾聽說過先生的名號，還請先生恕罪。」

高飛急忙道：「大人貴為秦國丞相，已經位極人臣，與大人比起來，在下不過是心有餘而力不足。大人之病在於心，心病自然還需心藥醫，我略通點醫術，願意為大人找尋心藥，不知道大人可否願意讓我醫治？」

楊彪嘆道：「我這心病，恐怕無藥可醫，唯有求死耳。」

「大人何出此言？螻蟻尚且貪生，何況人乎？大人位高權重，只要大人能夠振作起來，未必不能造福於民。大人只想過自己的生死，可知道大人所在的位置是最重要的，大人若不利用手中職權造福一方百姓，那大人就是千古罪人。」高飛勸道。

楊彪想了想，覺得高飛說的很有道理，當即道：「那就麻煩先生了。」

高飛走到臥榻旁，有模有樣的伸手去給楊彪把脈。

他一邊捋著鬍鬚，一邊緩緩說道：「脈象平穩，無甚大礙，關鍵還是在於大人內心，大人五心煩亂，不知道是為了何事，可否向我道明？」

楊彪看了楊修一眼，說道：「你先出去，沒我的話，任何人不得進來。」

楊修也很詫異，怎麼父親今天突然如此說話，他不敢違抗，當即離開了房間。

楊彪見楊修站在門邊，怒喝道：「十丈之內，不許有人，包括你在內。」

楊修無奈，只得回前廳去招呼祝公道和司馬懿，並且驅趕走所有的人。

過了好一會兒，楊彪聽外面沒有任何動靜之後，突然伸出手，一把扯住高飛的頭髮，將高飛戴著的白髮頭套給扯了下來。

高飛猝不及防，哪裡料到一個看似病入膏肓的病人會做出如此舉動，一下子在楊彪面前露餡了。

「你……你是……」

楊彪扯下高飛的頭套，看見高飛的容貌後，只覺這個人的輪廓好生面熟，似曾相識，卻又想不起在哪裡見過。

高飛見楊彪故意支開其他人，此時又當面拆穿他，**在他看來，楊彪對他並無惡意，可是楊彪這樣做的目的又是何在？**

他吃驚之餘，**更驚訝於楊彪是怎麼知道他是假扮的**，照理說，他的假扮應該是天衣無縫的啊。

「呵呵，沒想到楊大人的眼力如此犀利，認出我是假裝的。只是在下十分好奇，不知道我究竟在哪個地方出了紕漏？」高飛恢復了平靜，笑著說道。

楊彪吐實道：「**你的眼睛，還有你的手讓你露出了馬腳**！一個人的外貌可以改變，聲音可以改變，但是眼神是無論如何都改變不了的。除此之外，是你的手，一個老人家的手絕不會是如此模樣，而且你的手心很粗糙，顯然是經常舞槍弄棒所致。」

高飛不得不佩服楊彪高超的洞察力，這兩點，他確實疏忽了，他儘量做到掩蓋自己的眼神，改變自己的聲音，舉手投足間都是一副老人模樣，可唯獨輸在了手上，如果他不去給楊彪把脈，也絕對不會被拆穿。

「大人真是好眼力。」高飛佩服道。

楊彪道：「這裡沒有外人了，請你卸去偽裝，我想知道，你到底是什麼人。」

「我怕我卸去偽裝之後，大人會驚訝萬分。」

「已經沒有什麼可以嚇倒我的了！」楊彪鎮定地道。

高飛見狀，只好說道：「那好吧。」

話音一落，當即卸去偽裝，把臉上沾著的假東西給卸掉，露出了本來面目。

楊彪看到後，驚訝萬分，抬起手顫抖地指著高飛道：

「你……怎麼會是你……你竟然是……」

高飛點點頭道：「正如你所想的一樣。」

楊彪驚訝之餘，一把抓住高飛的手，道：「此地乃秦國都城，京畿重地，你竟然以身犯險，隻身一人來到這裡，難道你就不怕嗎？」

「怕的話，我就不會出現在這裡了。**不入虎穴焉得虎子，長安即將發生大的動亂，我長途跋涉而來，就是為了那場大動亂。**」

「動亂？什麼動亂？如今長安一片祥和，秦國百姓安居樂業，已經遠離戰亂的紛爭，雖然還有些蠻夷不服，也不可能影響到根基。」

「暴風雨來臨前，往往都很平靜。長安大亂降至，大人為何一點不察？」

楊彪撒手道：「我怎知你來這裡沒有惡意？半個月前，皇帝陛下被刺，莫非也是你所為？」

「如果真的是我，馬騰還有活命的機會嗎？而且，我為何又要待在這裡不走？還要以身犯險，親自來讓大人抓嗎？」

楊彪道：「那你所說的大亂是？」

高飛道：「大人可曾記得曹操？」

「曹操……你是說……不可能的，馬超防他像防賊一樣，又將他遠遠地調離到了玉門關，離長安千山萬水，他怎麼可能會讓長安陷入大亂？」

「萬一來個裡應外合呢？」

「那就更不可能了，曹操在長安根本沒有根基。」楊彪反駁道。

「未必吧？**也許有人別有用心，故意和曹操勾搭上，想借助曹操之手，行非常之事呢？**」

楊彪突然驚詫道：「你……你都知道些什麼？」

「呵呵……」高飛笑了起來，「楊氏一門忠烈，四世三公，對大漢肯定忠心耿耿。當日天子駕崩，馬騰公然稱帝，並且把弒君的罪名推到我的身上，難道楊大人就沒有懷疑過？事實證明，馬氏也在極力的拉攏楊氏，大人之女不是許配給當朝太子馬超了嗎？馬騰不過一個武夫，然其先祖乃是馬援，馬氏對大漢也算是忠義無雙，可是馬超戾氣太重，貪功好殺。我聽聞，馬騰稱帝當日，乃是被馬超挾持著稱帝的，馬超自封為太子，也就是說，馬超自己想當皇帝，但礙於其父健在，只能先委屈一下。事實上，馬超確實掌握著秦國的軍政大權，這次馬騰被刺之事，也許另有原因。」

「你到底想說什麼？」

「我只想提醒楊大人一句，**不要趕走了惡狼，卻換來了一頭猛虎**，不然的話，關不住那頭猛虎，猛虎就會出來亂咬人。我想，楊大人應該知道我說的是什麼意思。」

楊彪確實一清二楚，他於去年派自己的兒子楊修趕赴羌中，暗中聯絡曹操，想借助曹操的力量推翻馬騰、馬超的統治。

在朝中，楊彪聯合陳群，共同說服馬騰將曹操的舊部外放，看似是分散了曹氏集團的實力，使得他們各在一方，不能相連，實際上，**這正是他們留下的後手，讓他們掌握各地權力，等到長安一有動向，各地群起以應之**，先在聲勢上占著上風，之後聯合羌人，大兵齊攻長安，將馬騰、馬超等人全部誅殺。

這條計策，是他和陳群、楊修密商許久的結果，因為曹操等人無權，手中無兵，所以留在朝中卻沒有什麼用處，不如外放各地做縣令，暗中招兵買馬，他們動用一切可以動用的關係，一起反秦。

本以為這條計策天衣無縫，哪知道此時竟然被高飛當面指了出來，讓楊彪一陣驚詫。

為了這條計策，他不惜和馬超鬧翻，馬超要娶他的女兒過門，他執意不肯，推三阻四，最後拗不過馬超，女兒楊婉終於在三個月前成了太子妃。

從那以後，楊彪便稱病不上朝，自己也留下了心病，一想起自己的女兒日夜在馬超的身下飽受摧殘，他就心如刀絞，久而久之，漸漸成疾，竟然一病不起。

可是，他並不知道，楊婉自從嫁給馬超之後，過得十分幸福，馬超對她更是百依百順，疼愛萬分，而她也喜歡上了馬超。這些事，楊修是知道的，楊修怕楊彪聽到後會激怒，便秘而不宣，甚至連楊婉想和楊彪見一面都推三阻四的。

「哎！」楊彪重重地嘆了口氣，道：「我楊氏一門忠烈，沒想到到頭來卻落得如此田地，我楊彪愧對列祖列宗，愧對大漢啊。」

高飛聽後，說道：「楊大人是大漢遺臣，心繫大漢，可是**大漢已經成為過去式了，現在的天下早已今非昔比**，馬超固然再不好，也是你的女婿，至少對待楊氏、陳氏這些大漢遺臣很是器重。正因為無人可用，才依賴於你們。曹操就不同了，曹操乃亂世之奸雄，手下謀士良將眾多，這些人對曹操都死心塌地的，一旦曹操得勢，他所用的人，必然是其手下心腹，**等到他掌控了各項大權之後，恐怕就會反過來咬你一口，借機肅清朝野，清除異己**，這不是沒有可能。趕走一頭乖順的狼，卻來了一頭凶惡的猛虎，楊大人，孰輕孰重，還請三思。」

楊彪沉思片刻，冷笑道：「哈哈哈……你的用心真險惡！」

「我？我怎麼了？我這可是為了楊大人著想啊！」

「為我著想？我看是為了你自己著想吧？馬超勇武難擋，可是終究智謀不足，手下除了張繡、王雙、索緒之輩外，其餘都不可堪用，你讓我打消利用曹操推翻馬超的想法，無非是覺得曹操難以對付，馬超好欺負，所以你才這麼苦口婆心的來勸說我！你的良苦用心，無非是想等到華夏國恢復元氣之後，大舉西進，一口吞掉秦國，我說的對吧？」楊彪面部猙獰地說道。

高飛並不否認，點點頭道：「我確實是這樣想的，大漢滅亡，天下一分為六，**我手持傳國玉璽稱帝，坐擁半個天下，理應由我來完成統一的大業**。統一之後，全國百姓皆是一家人，便於管理，戰爭也就會消失，這是利國利民的大事，**難道楊大人看不出來什麼是天下大勢嗎？**」

「天下大勢？天下大勢就是你想將大漢的天下竊為己有，在大漢的國土上建立起屬於你一個人的王朝，你口口聲聲說是為了結束戰亂，那麼你為什麼不主動向秦國投降，把你的國土併入秦國，這樣一來，戰爭就消失了，豈不是很簡單嗎？」楊彪據理力爭道。

高飛笑道：「只怕我給了秦國，秦國也消化不了，何況，我辛辛苦苦打下來的江山，憑什麼要送給馬氏？我有我自己的想法，**要想改變這個世界，就要站在這個世界的最頂端**，當我擁有足夠的力量去改變的時候，你們這些腐儒就會明白我有多麼的偉大。」

「秦始皇的功績，並不在於他統一了全國，而是在於他將大大小小的國家真正的融合在了一起，是整個領域內的人民有了一個共同的國家，書同文，車同軌，統一度量衡，這些都是他的功績。」

「楊大人，你不過是個位了謀取一己私利的人罷了，我想，你是不會改變主意了。這裡有幾顆藥丸，有活血調氣的作用，吃了之後，對你的身體會有幫助，你一定會後悔你所做的一切，到時候，你就會明白，我今天的這番話是多麼的有道理。」

說完，高飛便將那幾顆藥丸扔給楊彪。

楊彪雖然怒氣未消，可終究是一個丞相，當即說道：「你走吧，趕緊離開長安，今天，就當我們沒有見過。」

高飛重新將頭套套上，整理一番之後，這才老態龍鍾的走了出去。

剛走出門，他又扭頭對楊彪說道：「楊大人，我的話，還請你再考慮考慮，如果長安真的發生動亂，受苦的還是老百姓，也許，我會看準時機乘虛而入也說不定，哈哈哈……要是長安的狀況果然真被我言中，楊氏一門又遭逢磨難的話，我華夏國的大門永遠對你楊氏敞開。就此告辭！」

話音一落，高飛快步地走到前廳，見楊修和司馬懿聊著四書五經的事，當即說道：「楊公子，丞相大人的病已經有所好轉，我尚有要事，就此告辭了。」

楊修臉上一喜，急忙說道：「唐先生果然是神醫啊，唐先生，快晌午了，我已經讓人備下了酒宴，不如……」

「不了，我們還有要事，就不叨擾楊公子了。」

楊修見高飛要走，急忙說道：「唐先生，請留步。」

「楊公子還有何事？」

「這位叫馬一的小兄弟，實在是太讓我吃驚了，他對四書五經的見解，大大超出了我的想像，不知道唐先生可否有意讓他留在秦國為官？只要假以時日，我想……」

「楊公子的好意我心領了，只是馬一還小，不太懂事，留在這裡只怕給楊公子添麻煩，實在對不住。」

「如此一個人才，實在可惜了。」楊修惋嘆道。

「十分抱歉，在下就此告辭。」

高飛拜了拜，帶著祝公道和司馬懿快速的離開了丞相府。

司馬懿也覺得很納悶，本來在司空府的時候，高飛還想讓自己留在秦國為官，怎麼現在楊修知道他的本領了，請求高飛讓他留在秦國，高飛卻不肯了？

他想不通，便問道：「師父，為什麼……」

「回去再說！」高飛喝道。

楊修送走高飛一行人後，才回去看望楊彪。

此時楊彪躺在床上，一臉的怒意，但是氣血卻比之前好了些。他見到楊彪的樣子，關心問道：「父親，你這是怎麼了？」

楊彪越想心中越堵得慌，突然體內氣血翻湧，「哇」的一聲，吐出一口黑色的濃血。

「父親……」楊修急忙上前攙扶。

楊彪吐出濃血後，並無大礙，只覺胸口不悶了，頭也不疼了，整個人舒暢許多，這時才恍然大悟，看了一眼高飛留下的那幾顆藥丸，喃喃自語道：「難道……他剛才故意激我，只是為了給我治病？還是真的……」

「父親，你在說什麼啊？剛才在房內到底發生了什麼事？」楊修不解道。

「沒什麼，是唐先生在給我治病。」

楊彪沒有將高飛是誰的實情說出來，因為他知道自己的兒子一旦知道那個叫唐亮的就是高飛，那麼高飛肯定要死在這裡了。

本來他是想讓楊修去抓高飛的，可是當他吐出黑血之後，立即改變了主意。再細想高飛說的話，覺得有點道理，當即對楊修說道：「德祖，我們之前秘密商議的事，能否推遲？」

楊修狐疑道：「父親大人，你這是怎麼了？如今各方都已經準備妥當，長安城中也都秘密集結了人馬，這半個月來，由於我們刺殺馬騰的事情成功了，所以長安城只許進，不許出，我們的人都已經混進來了，隱藏在城中各地。此時已是箭在弦上，不得不發。今夜子時一過，『斬馬』行動就要進行，屆時推翻馬氏，指日可待。」

楊彪嘆了口氣，道：「真的就不能推遲嗎？」

「父親大人，這次『斬馬』行動，秘密商議三個月，牽扯到的各方勢力實在太多，即使我們不想做，也會有人取而代之，何況，如此一來，我們楊氏便會遭到反噬，為了楊氏一門，不得不為。」

「可是你妹妹……」

「父親大人，請您放心，婉兒很好，如果不是婉兒嫁給了馬超，我們根本沒有機會去聯絡各方。馬超終日沉迷在婉兒的溫柔鄉裡，這是老天要讓我們成功。我已經安排好了，今夜子時前，便派人將婉兒接回來，到時候，『斬馬』行動開始，婉兒和父親就待在家裡，哪裡也別去，等到天明後，一切都會過去的。」

楊彪無奈地搖搖頭道：「也只有如此了。只是，千萬別傷及無辜，不然長安百姓又要遭殃了。」

「父親大人放心，我已經通傳各處，他們都同意了，不會殃及池魚的。」楊修很有信心地答道。

「但願事情能夠一舉成功……」

楊彪的眉宇間多了一份滄桑，眼裡也多了一分疑惑，不知道高飛說的那種情形到底會不會出現。可是，這個時候，萬事已經由不得他了……

高飛等人出了丞相府，便迅速地離開朱雀大街，一路返回住處。

祝公道是個心思縝密的人，看出了其中的端倪，問道：「主人，發生了什麼事？」

「必須儘快離開長安，此地不宜久留！」高飛冷靜地分析了一番後，淡淡地說道。

「師父，離開長安，我們還去哪裡？」司馬懿問。

「回去！回華夏！」

「這就走了？不是說帶我去遊歷天下嗎？」司馬懿沮喪地道。

高飛皺著眉頭，突然直勾勾的盯著司馬懿，眼裡射出道道精光，道：「我改變主意了，本來我想讓你留在秦國做個臥底，可是就目前的情況看來，已經很難了。而且，讓你留下，對你也不好，還是跟我回去吧，回到國內，我自然會對你細心的調教。」

司馬懿點點頭，反正他心裡也沒想留在這個地方。

祝公道問道：「主人，什麼時候走？」

「越快越好，我的行蹤已經暴露，我擔心楊彪會說出我的身分，不過，在離開之前，我要去辦一件很重要的事，你和我一起去！」高飛道。

「諾！」祝公道應了一聲。

「停車！」高飛急忙向車外喊了一聲。

趕車的劉宇聽到後，急忙勒住馬匹，將馬車停在路邊，掀開簾子問道：「唐公，何事停車？」

「太子府在什麼地方？」高飛問。

「太子殿下一直住在皇宮裡，沒有單獨的府邸。」劉宇答道。

「那皇宮在何處？」

「城北。」

高飛從馬車裡跳了下來，對劉宇說道：「你送馬一先回你家，告訴祝公平，讓他們收拾行裝，等我回來，回來之後，我們就離開此地。」

劉宇並不知道高飛的身分，聽到高飛要走，驚異地道：「這麼急？」

「嗯，家中突然還有要事，必須儘快返回。」高飛道。

祝公道見狀，便對劉宇道：「不該問的別問，回去等你師父。」

「是，師伯。」劉宇道。

司馬懿好奇問道：「師父，你要去哪裡？」

「一個很重要的地方，你跟劉宇先回去，等我回來後，我們就離開長安。」

話音一落，高飛和祝公道便鑽進一條小巷子裡，拐了一個角便不見了，劉宇帶著司馬懿，趕著馬車朝家裡走。

高飛、祝公道來到暗巷，他知道祝公道對長安城的地理位置很熟，對祝公道道：「帶我去皇宮。」

祝公道也不多問，身影一動，便在前面帶路。

高飛跟著祝公道在巷子裡左右穿梭，這個時候正是吃飯時間，百姓們都在家裡，所以外面的行人很少，加上兩人身手敏捷，基本上是一閃而過，所以看見的人也只當是出現了幻覺。

長安城很大，徒步在繁密的小巷子裡穿梭，著實費了一番功夫，疾速奔馳一段路後，高飛發現跟祝公道的距離越來越遠，開始大口的喘著粗氣。

祝公道見到高飛這番樣子，便停了下來，問道：「主人，我們稍微歇息一下吧。」

高飛靠在牆邊，苦笑道：「這幾年，我缺少鍛煉，很少上戰場衝鋒陷陣，時間一久，氣力也不如從前了。」

「主人，你不必灰心，這是經年累月修煉所致，只要主人以後勤加練習，肯定能夠超越自我的。」祝公道安慰道。

正說話間，高飛見一個人影從巷子口晃了過去，那身影極為的熟悉，他心中一怔，一個人的名字脫口而出：

「許褚？」

高飛登時起了一絲疑心，對祝公道說道：「你去跟著剛才那個人，看看他去了什麼地方，我在這裡等你。」

祝公道「諾」了聲，當即縱身而去。

高飛暗想道：**「許褚乃曹操的貼身護衛，不輕易離身，此次卻突然出現在長安街頭，難道說曹操人不在玉門關，而是在長安？」**

他想到這裡，心中突然有一絲不祥的預感。

過了一會兒，祝公道回來了。

高飛急忙問道：「怎麼樣？剛才那個人去哪裡了？」

祝公道稟告道：「主人，那個人去了一間普通的民房，外面有幾個可疑的人把守著，我沒敢太貼近。沒過多久，又陸續來了好多人，都鑽到那個民房內，後來連今日見過的司空陳群也鬼鬼祟祟的進去了，還有丞相府的公子楊修……」

「有沒有看到一個左眼戴著眼罩的人？」高飛突然想起夏侯惇典型的形象，又問道。

祝公道回憶了一下，點頭道：「確實有這樣一個人，其餘人看上去也都各個身手不凡，其中還有不少羌人……」

「羌人？錯不了……錯不了……果然如此……一定是這樣的……」高飛自言自語地說道，心中卻越想越可怕，因為**即將來臨的，很可能是一場大災難**，他沒想到曹操的動作會那麼的快。

「主人……」祝公道在一旁喊道。

高飛道：「事不宜遲，我們快點趕到皇宮，務必要見到馬超。」

二人商議已定，拔腿便走。

第七章

滅頂之災

高飛道：「此事事關重大，而且十分緊迫，我必須儘快見到太子殿下，當面和太子殿下說明，只有如此，或許能挽回一線生機。否則，整個長安將陷入大亂當中，太子殿下連同這裡的皇帝陛下，以及整個馬氏，都會遭到滅頂之災！」

皇宮內。

醉香閣內，騰起的熱氣充斥著整個房間，一個用漢白玉修葺的水池裡裝滿了熱水，水面上灑滿了各種花的花瓣，水波蕩漾，香氣逼人。

粉紅的幔帳後面，走出一個披著薄紗的女人，光滑的背部若隱若現。

女人光著腳丫，走到水池邊，先用腳尖沾了沾水池裡的水，試了一下溫度後，這才解去身上披著的薄紗，整個人緩慢地走進水池裡。

水漫過她的脖頸，披肩的長髮有一半垂在水裡，熱氣蒸騰著，使得屋內猶如雲中仙境。女人用手撩著水，手捧花瓣吹散四落，傾國傾城的容貌上露出了無比歡快的笑容。

「嘩啦！」

突然，一個赤身裸體的男人騰空跳起，直接墜到水中，巨大的衝擊力使得水花四濺，打破了這片水域的平靜。

水花濺了那女人一臉，打濕了她的容顏，不施半點粉塵的臉龐上猶如一朵出水芙蓉。

男人扎了一個猛子，在清澈見底的水中迅速地游到女人的身邊，從水下面一把將女人給抱了起來，大聲笑道：「哈哈哈……我看你還往哪裡跑……」

女人被男人高高的抱起，浮出了水面，豐滿堅挺的胸部也呼之欲出，她雙手環抱著男人的脖子，緊緊地貼在男人的臉龐上，臉上洋溢著幸福的笑容。

「太子殿下……稍等片刻嘛……不然……以後妾身就再也不理殿下了……」

「好好好，那我稍等片刻，不過，咱們要一起洗！」

男人正是秦國太子馬超，他懷中抱著的女人，則是他的新婚妻子——太子妃楊婉。

兩人新婚燕爾，終日纏綿悱惻都來不及，才一睡醒，便開始鴛鴦戲水，每天的日子過得很是甜蜜。

兩人戲水完後，上來躺在一張鋪就的軟綿綿的床上，便突然聽到外面一陣亂糟糟的叫喊。

「有刺客！抓刺客啊！」

「保護陛下！」

「保護太子殿下！」

「抓刺客啊！」

「你們幾個，去那邊，你們幾個，在這裡，你們幾個，跟我走……」

「砰砰砰！」

緊接著，一陣急促的敲門聲便傳了進來。

不等醉香閣內馬超回話，外面的人便問道：「太子殿下，末將前來護駕！」

馬超本來還興致勃勃，突然聽到外面的嘈雜聲音後，立刻拿了一條被子裹在身上，對楊婉道：「愛妃，你且在這稍等片刻，我出去看看。」

「太子殿下快去快回，妾身在此等候侍奉太子殿下……」

「愛妃放心。」馬超捏了捏楊婉的下巴，親暱的親了一下，這才出去。

打開房門，馬超看到王雙披著一身重甲站在門口，問道：「刺客在哪？」

「末將無能，未能抓到，因擔心殿下安全，所以特來護衛！」王雙答道。

「父皇那邊可做了安排？」

「已經做了安排，請太子殿下放心，確保陛下無虞。」

「無虞無虞，一個月前你也是這樣說的，結果父皇還不是遇刺？跟我走，到未央宮看看！」

「諾！」

這邊馬超帶著王雙剛走沒多久，一群黑衣蒙面人便躍過牆頭來到醉香閣，幾十把飛刀出手，守衛在醉香閣前面的侍衛、太監的喉頭紛紛被利刃刺入，喊都沒來得及喊出來就死了。

這時，一個領頭的人敲響了醉香閣的房門。

楊婉此時已經換好衣服，著了一襲白裙，烏黑亮麗的長髮如瀑似鏡，五官精緻得無法形容，氣質仿如月光一般清冷孤傲，聽到外面有人敲門，便問道：「誰？」

「小姐，是我，楊元。」

楊婉聽到這個熟悉的聲音，知道是自己家的家奴，便打開房門，見外面站著一群黑衣人，守衛在外面的侍衛、太監全部身亡，不禁驚呼道：「你們……好大的膽子！」

楊元道：「小姐，來不及解釋了，請隨我等出宮，丞相大人他就快不行了！」

「你說什麼？我爹怎麼了？」

「大人他……小姐，你快跟我回去吧，小人不得已才出此下策，只因大人他想在臨終前見小姐一面……」

楊婉聽後，心急道：「快帶我去見我爹！」

楊元「諾」了聲，當即將手臂一揚，眾人便脫去黑衣，露出已經換好的裝束，竟然和宮中守衛太監的衣服一模一樣，隨後，從外園抬進來一頂步輦，請楊婉坐上去。

楊婉坐上去後，一夥人立刻啟程，迅速帶著楊婉出宮。

楊婉坐在步輦上，不時地掀開紗帳向外張望，看到已經出宮了，步輦行進的速度又非常快，而且楊元一直在不停催促著，走的還是皇宮的側門，心中便泛起了一絲懷疑，問道：「管家，到底是我爹讓你來的，還是我哥讓你來的？」

「是丞相大人！」楊元面不改色地答道。

「你說謊！一定是我哥，你們快放我下來，我要回去見太子！」

楊婉覺察出不對，她是楊彪愛妾所生，和楊修同年，只小幾個月而已，從小就極為聰慧，一點都不比楊修差，若非是女兒身，以她的才華，必然要蓋過楊修，因此楊修並不待見這個妹妹。

上了賊船，就很難下來了，何況楊婉又不懂武藝，楊元好不容易才將楊婉帶出皇宮，怎麼可能會把楊婉放下來，而且他也是為了楊婉著想，一旦斬馬行動開始，如果楊婉還在皇宮中，一定會受到牽連。

楊元一點都沒說謊，**這正是楊彪親自安排的，利用調虎離山之計將女兒帶出來**。因為楊彪知道，馬超是不會輕易放女兒回來的，而且楊修也未必願意為了一個不待見的妹妹去打草驚蛇。

「確實是丞相大人的吩咐！」

「我不信，你快放我下來！」楊婉開始大吵大鬧，叫喊道：「救命啊！」

此時，高飛、祝公道在長安城中轉悠了小半個時辰，這才趕到皇宮邊緣。

誰知道剛到這裡，便看見一夥人抬著一頂步輦從皇宮側門出來，一行人步伐矯健，身姿輕盈，抬著步輦像是抬空氣一樣，奔馳如風，走的甚是迅速。

忽然看到步輦中一個女人撥開簾布大喊救命，立時引來高飛、祝公道的注意。

「那不是丞相府的管家嗎？」祝公道指著走在最前面的楊元說道。

高飛聽到祝公道的話後，朝皇宮的側門那裡看了一眼，果然看見丞相府的管家楊元，楊元身後的步輦上還抬著一個美女，那美女大喊大叫的，但是守在皇宮側門的侍衛似乎像沒有聽到一樣。

他仔細看了看那女人一眼，見女人和楊彪有幾分神似，狐疑道：「這女人難道就是楊彪的女兒，秦國的太子妃？」

又聯想起剛才曹操的部下和陳群、楊修等人秘密在一間民房內相會，立刻就明白了，估計是楊彪怕所謂的斬馬行動會殃及到自己的女兒，故而讓人將女兒給接出來。可是，他對楊婉為什麼會大喊大叫，不願意離開皇宮感到很費解。

「主人，你看，皇宮西側有濃煙冒出！」祝公道指著西邊的天空，道。

高飛看了看濃煙，又看了看楊元等人抬著的步輦，冷笑一聲道：「打草驚蛇，聲東擊西，楊彪此計甚妙。跟我來，先搶下那美女！」

「搶美女？」祝公道狐疑地道。

高飛也不解釋，當即道：「他們人多勢眾，我們找個小巷伏擊，出其不意，必然能將那名美女給奪下來。」

祝公道猜不透高飛心中所想，但是若論武藝，可是一點都不含糊，聽高飛要搶步輦的美女，立即拍胸道：「主人，交給我吧，我一個人就夠了。」

「兩個人效果會更好點。」

商議已定，兩人見那幫人鑽進了一條巷子，便悄悄的跟了上去。

「楊元！你快放我下來，我要回去！」

楊婉在步輦上如坐針氈，無論她怎麼喊，楊元等人就是不停下，反而速度比之前更快了起來。

「小姐，你別喊了，這的確是大人的意思，大人就是怕公子不去救你，這才讓我等前去的。」

「糊塗！太子殿下要是知道我不見了，定然會以為是刺客所為，一定會滿城搜捕，到時候肯定會先去丞相府，這樣做，是惹禍上身！快放我下來，我要去見太子，跟太子說明一切……」

「小姐，說不清楚的。不過小姐放心，太子殿下是找不到你的，大人已經做好了安排。」

楊元一邊趕路，一邊說著話。

剛轉過一個拐角，忽然看見空蕩的巷子裡站著一個頭戴斗笠的人，右手握著長劍，低著頭，仗劍而立，他急忙讓人停下，同時抽出隨身攜帶的兵刃，問道：「閣下何人？」

「祝公道！」

「沒聽過！這是丞相府的鑾駕，請閣下移步！」楊元橫劍在胸前，眼中冒出一絲寒光。

「留下步輦上乘坐之人，我便放你們走！」

祝公道渾身劍氣縱橫，周圍一丈之內捲起微風，吹起地上一陣揚塵。

「動手！」

楊元當即大叫一聲，左手暗扣的飛刀便向祝公道射了過去，他身後的二十多個人也一起射出飛刀，交織成密集的刀網。

「叮叮叮叮……」

祝公道長劍轉動，格擋下許多飛刀，周身沙塵揚起，漫天飛舞，猶如風捲殘雲之勢，向楊元等人逼近。

飛沙走石，風聲鶴唳，漫天沙塵，使得楊元等人睜不開眼，忽然見黃沙當中幾十道寒光射出，原先楊元等人射出去的飛刀竟然反彈了過來。

「噗噗噗……」

飛刀過處，楊元等人肩膀上立時出現一道微紅的口子，飛刀從他們的肩膀上掠過，擦傷了他們的身體。

楊元驚訝萬分，**沒想到天下竟然有如此高手，用眾人射出的飛刀對付眾人，**只傷身，不取命，已經是手下留情了。

他肩膀上的血順著手臂流下，臉上一陣猙獰，回頭看了眼身後，眾人都是一臉的驚怖。

「識相的，趕快滾！」祝公道收劍入鞘，冷聲道。

楊元力圖再做反抗，喝令道：「丞相大人的吩咐，任何人不能違抗，給我上！」

部下當即帶傷而上，提著兵刃便去攻擊祝公道，楊元則跳上步輦，對楊婉道：「小姐，此人乃刺客，請速隨我走！丞相大人……」

不等楊元的話說完，高飛突然從空中飛出，一腳側踢，便將楊元給踹下步輦，抬著步輦的人見狀，急忙放下步輦，掏出兵刃前來攻擊高飛，高飛抽出長劍，以劍尖刺傷其手，然後長臂一伸，直接抱著楊婉騰空而起，躍上牆頭，一個起落便消失得無影無蹤。

這時，祝公道快劍逼開眾人，劍影縱橫，利用劍氣捲起的沙塵遮掩住他的身體，迅即遁走。

等楊元從地上爬起來，高飛、祝公道、楊婉已經消失得無影無蹤。

「還愣在那裡幹什麼，追啊！」楊元捂著傷口，看到眾人不知所措，怒道。

「是是……」

高飛抱著楊婉的小蠻腰，將她帶到一處廢棄的民房內。

楊婉倒是很鎮靜，一點都沒有慌張，被高飛帶出來後，一路上連吭都沒有吭一聲。

「楊小姐，你沒事吧？」高飛輕攬著楊婉，一經落地，急忙問道。

「我沒事，不過你有事。我是當朝太子妃，你卻將我抱了那麼遠，要是被外人知道，太子殿下肯定要斬掉你的頭。男女授受不親，現在你也該鬆開手了吧？」楊婉冷靜地道。

高飛急忙鬆開楊婉，笑道：「抱歉，是楊小姐太過美麗，我一時看得入神，忘了自己還摟著小姐。就算沒有這件事，太子殿下也要拿我人頭的，不過有了這件事，太子殿下反而未必肯要我的人頭呢。」

楊婉注意到高飛的手背沒有一絲皺摺，眼神炯炯有神，雖然是老者打扮，聲音也是老人的聲音，但是卻是裝扮的，並非是真的老者，因為老人的手背不會有如此光滑亮澤的肌膚。

「閣下偽裝成這樣，到底意欲為何？」楊婉問道。

高飛怔了一下，心想這是第二次被人當面拆穿了，而且前後不到一個時辰，拆穿他的人，竟然還是父女。

他用本來的聲音說道：「呵呵，小姐果然慧眼獨具，在下唐亮，想見見太子殿下，不知道小姐可否安排一下？」

「我自身都難保了，怎麼替你安排？你挾持著我，完全可以不用我安排。」

「小姐誤會了，在下並不是要挾持小姐，而是想透過小姐見到太子殿下。」

「行刺嗎？是誰派你來的？」

「不，相反，我是要去救太子殿下。」

「此話怎講？」楊婉眉頭上挑，狐疑地道。

高飛道：「此事事關重大，而且十分緊迫，我必須儘快見到太子殿下，當面和太子殿下說明，只有如此，或許能挽回一線生機。否則，整個長安將陷入大亂當中，太子殿下連同這裡的皇帝陛下，以及整個馬氏，都會遭到滅頂之災！」

楊婉見高飛說得煞有介事的，而且楊元的反常，也讓她感到很是突兀，平時再怎麼急，楊元也不會殺害宮中的守衛，今天明顯是為了滅口。而且守衛皇宮的禁衛明明見到了她，卻裝作沒看見一樣，這些人都是誰的部下，站在她對面的又是誰，都讓她難以想像。

「呼！」

祝公道一個身影落下，腳尖沾地，帶起一陣微風，並未發出太多聲響，輕身功夫比擅長飛簷走壁的卞喜還要厲害百倍。

「主人，丞相府的人都已經引開了，這會兒可以回皇宮了。」祝公道看了楊婉一眼，右手抬起，頷首說道。

高飛點點頭，對楊婉道：「小姐貴為太子妃，長安坊間說太子殿下一有了太子妃就沉迷於酒色當中，今日一見，楊小姐果然是一名傾國傾城的美女。不過，自古紅顏多禍水，太子妃如果今日不帶我去見太子殿下，只怕這禍水你是做定了，而且秦國也即將瓦解。」

楊婉考慮了一下，說道：「好吧，我帶你入宮。」

「多謝！」

馬超和王雙帶著人來到未央宮，未央宮周圍戒備森嚴，兵勇亦十分的精良。自從上次馬騰意外遇刺之後，宮中的守衛就全部更換成馬超的心腹了。王雙作為禁衛將軍，統領著皇宮內三千禁衛軍，分別布置在未央宮和醉香閣。

未央宮中，馬騰正在用膳，見馬超、王雙從外面趕來，便問道：「什麼事情？」

「父皇，剛才孩兒在醉香閣遇到了刺客，不知道未央宮可有遇到？」馬超問。

「沒有。」馬騰左臂帶傷，纏著繃帶，至今未癒，還滲著一些血絲。

「陛下，西宮突然失火，濃煙四起！」一個太監急忙進來稟告道。

「知道了。」馬騰很淡然地答道：「救火就是了，春季伊始，氣候多變，沒什麼大驚小怪的。」

「父皇，這必然是有人在中間作怪，怎麼可能會無名起火？」馬超疑心道。

馬騰笑道：「朕只恨當時那些刺客為什麼沒有刺死朕！」

「父皇何出此言？」馬超聽了以後，不解問道。

「你看看你現在的模樣，哪還有一點昔日征戰沙場的風采？裹著一條被子在皇宮中亂走，也不怕被宮女和太監們笑話！」馬騰怒責道。

「誰敢笑話，我殺了誰！」馬超不滿地道。

「你……」

馬騰聽後，氣得吹鬍子瞪眼的，喊道：「滾！滾回你的醉香閣，繼續和你的太子妃待在一起，我死了一了百了，你正好當皇帝！」

馬超自從馬騰遇刺後，只來看過他一次，之後便沉迷於溫柔鄉裡無法自拔，他正值血氣方剛的年紀，自然不免會貪婪女色，只是他不明白，為什麼父親會這樣生氣，於是問道：「父皇，你這是怎麼了？」

「孟起，你身為太子，並且負責監國，集全國政要於一身，卻終日沉迷於女色當中，你教朕以後怎麼把這帝位傳給你？」馬騰教訓道。

馬超順口回道：「有陳長文在，他會替我處理一切，現在秦國不打仗了，我還不能歇息一會兒嗎？」

「陳群固然很會處理政事，可是他畢竟是個外人，你凡事都交給他處理，你這個當太子的卻毫不關心，你就不覺得有愧太子的身分嗎？**楊氏和陳氏門對門，你就不怕他們互相勾結起來對付你嗎？**」

正所謂防人之心不可無，馬騰知道陳氏和楊氏素有往來，所以對陳群掌管全國政要，心裡並不是很樂意。

「我待長文不薄，長文必不負我。」馬超很有自信地道。

「孟起，你還年輕，朝中大事不能全交給一個人管。楊彪的丞相是個虛職，陳群的司空才握有實權，萬一有人在他耳邊吹風，他腦子一熱，那你怎麼辦？」

馬騰雖然不是權謀高手，但是官場的事見得太多，想起當年自己控制了董卓的大權，就害怕別人也會那樣對待自己。一開始他還沒有這種想法，然而自從遇刺之後，他的疑心病與日俱增。

馬超堅持己見道：「長文絕對不會如此對我的，從結識他以來，他就一直為我出謀劃策，怎麼會想要謀害我呢？不會……不會的！」

「太子殿下……不好了，太子妃被人擄走了……」

一個太監慌裡慌張地闖了進來，看到馬騰也在，趕忙道：「老奴參見陛下！」

「你剛才說什麼？」

不等那太監跪在地上，馬超便上前一把抓住那太監的衣領，喝問道。

「太子妃……被刺客擄走了……」

「混蛋！什麼人那麼大的膽子？」馬超怒道。

「老奴不知，老奴經過醉香閣時，見守衛和太監們都被人殺死了，老奴這才急忙跑來通知太子殿下……」

「王雙，保護陛下！來一百人，跟我走！」馬超當即快步出大殿，一溜煙的功夫便消失不見了。

馬騰看到馬超對楊婉如此上心，重重地嘆了口氣，對王雙道：「調集所有禁衛，隨朕出征！」

「出……出征？」王雙詫異地道。

「不到半個月，皇宮之內竟然頻出刺客，上次刺傷了朕，這次又擄走了太子妃，刺客對皇宮地形如此熟悉，能在重重包圍下來去自如，肯定不簡單，朕不親自出馬，這幫賊人真的把朕當傻瓜了！」

馬騰話音一落，當即解去身上的龍袍，大喝道：「拿朕的盔甲來！」

王雙聽後，頓時感到一股熱血在沸騰，他是個粗人，只知道打仗，平常不打仗了，手裡很癢，當即道：「臣遵旨！」

王雙立即調集自己親自統領的三千禁衛，又對守衛皇宮的一萬御林軍發號施令，讓他們全部到未央宮集合。

馬騰身披金甲，頭戴金盔，讓人牽來一匹大宛的千里馬，騎上之後，在眾位文武的簇擁下顯得威風凜凜，在未央宮的門口等候著大軍的集結。

馬超帶著一百禁衛火速奔到了醉香閣，看到一地的死屍，急忙衝進醉香閣，見屋內並沒有一絲爭鬥的痕跡，心裡疑雲陡生，暗想到底是誰會擄走他的愛妃。

他當即穿上一身勁裝，讓禁衛去拿他的武器，牽他的馬，正躊躇間，忽然看到地上有零星花瓣散落，那花瓣他認得，是醉香閣浴池中未浸泡的，當即跟著花瓣一路尾隨而去。

「都跟我來！」馬超對身後的禁衛叫道。

一百名禁衛緊緊地跟著馬超，馬超跟著花瓣，一路向宮外走去。

不過，有的花瓣被風吹散了，讓馬超多走了不少彎路，最後索性讓人全部上馬，分頭去找，他帶著一百名禁衛，在宮門口接過自己的地火玄盧槍，配上寶劍，跳上馬背，便朝宮門口走去。

沿著花瓣追了半路，到得一個岔路口，左邊是朝皇宮正門，右邊則是朝側門的方向，馬超尋思了一下，當即策馬向側門奔去。

來到皇宮側門，馬超喚來宮門令，問道：「可曾看見太子妃從此處經過？」

宮門令以及守衛皇宮的這些士兵，都是楊修在陳群的幫助下安插進去的，所以都聽命於楊修，聽到馬超的問話，宮門令當即指著背道而馳的方向說道：

「太子妃坐著步輦，在一群禁衛的保護下向南去了，末將見是太子妃，不敢詢問……」

「不敢詢問？使我痛失愛妃，連刺客假扮的禁衛都不知道，留你何用！」話音一落，馬超長劍出鞘，「刷」的一聲，宮門令的人頭便落在地上。

其餘人嚇得跪在地上，紛紛求饒。

「都是一幫飯桶，回來再收拾你們！」

馬超帶著百名精騎剛出宮，便看見一個黑影在宮門口晃動了一下，然後就消失得無影無蹤。

他急忙朝那個黑影的方向追去，鑽進了一個小巷子，看到巷子裡有一頂步輦，地上有血跡，還有打鬥過的痕跡，立即喊道：「愛妃！愛妃……」

「太子殿下！」

牆頭上突然出現一個人影，頭戴斗笠，左手被一塊黑布包裹著，右手握著一把長劍，一身勁裝站立在那裡。

「刺客！還我愛妃來！」馬超怒髮衝冠地道。

「在下祝公道，正是為了太子妃而來。太子殿下想見到太子妃，就請獨自一人前來，如果我發現有人跟隨，那麼太子妃的性命恐怕就……」

「好！」

馬超毫不猶豫，當即從馬背上躍起，地火玄盧槍陡然出手，直接刺向了祝公道。

祝公道早有所防範，雙腳蹬地，身子揚空飄起，而後落在一片空地上，落地時，腳步輕盈，腳尖輕點地面，身子再度彈起，竟上了另外一側的牆頭，整個動作一氣呵成，猶如蜻蜓點水。

馬超看後，大感訝異，這種輕身功夫，非一般人所能擁有，就是他也無法做到如此完美。小院不大，但是兩邊牆頭卻隔著三丈遠，此人身體的敏捷度超乎他的想像。

但是，他並不因此而害怕，反而握緊手中長槍，問道：「閣下好功夫！整個長安城內絕無僅有，你到底是誰？」

「我剛才已經說了，在下祝公道，是為了太子妃的事而來，如果太子殿下還關心太子妃的安危的話，就請跟我來。」

「我憑什麼相信你？」

祝公道當即從懷中取出一件頭飾，扔給馬超。

馬超接到後，看了一眼，登時驚道：「這是愛妃的……你快點把我的愛妃交出來，否則我將讓你死無葬身之地！」

祝公道自信地笑道：「哈哈哈，太子殿下，以我的身手，除非是陷身在千軍萬馬之中，否則你絕無抓到我的可能！你跟我走，我保證不會傷害你，還有一件天大的秘密要告訴你……」

「好，我跟你走。」

馬超愛妻心切，當即應承下來，而且他也看了出來，以祝公道的身手，如果要取他的性命，早在他出現在牆頭上的時候就可以刺他一劍，加上面對他的攻擊，祝公道採取的是避讓，足以證明他對自己沒有惡意。

「太子殿下……」跟隨馬超來的一百名精騎聽了，登時叫嚷起來。

「你們留在這裡等我，我不會有事的，想擊殺我，也沒那麼容易！」馬超打斷手下的話，說道。

祝公道點點頭道：「太子殿下果然藝高人膽大，請跟我來吧！」

話音一落，祝公道轉身一躍，馬超緊隨其後，只是他身法卻沒有那麼輕盈，所過之處，踩爛了不少牆頭上的泥磚。

大約跟著祝公道這樣跳躍了幾個彎，便看到祝公道跳進一間廢棄的民房內，他掃視了一下院內的環境，見沒有人埋伏，這才從牆頭上跳了下來。

馬超一落地，楊婉便從房內跑了出來，一把撲向馬超，叫道：「太子殿下……」

「愛妃……」馬超也是一喜，直接抱住楊婉，轉身便想走。

可是剛一轉身，卻看到一張熟悉的面孔，登時吃了一驚，將長槍橫在胸前，叫道：「是你？」

「是我！」

高飛頭戴著白髮，露出一張飽含滄桑的臉龐。

此時，祝公道也現身了，輕飄飄的落在高飛身邊，戴著斗笠的他，緊盯著馬超，關注著馬超的一舉一動。

馬超護住楊婉，朝後退了幾步，沒想到華夏國的皇帝竟然跑到自己的眼皮底下，而他絲毫沒有察覺，要是傳出去，多丟臉啊。

「你不用擔心，我對你沒有惡意。想殺你的話，在你落地的時候我就出手了。」

高飛還是第一次如此近距離的和馬超對視，馬超一身健碩的肌肉，帥氣的外貌，他發覺馬超的眼神和趙雲倒有幾分神似。

「你突然出現在這裡，難道華夏國的大軍已經兵臨城下了？」馬超突然意識到什麼，心驚了一下，忙問道。

「如果我的軍隊真的兵臨城下，那麼我就不會站在這裡和你說話了。」高飛道。

「那你來長安……是為了……我的愛妃？」

馬超畢竟還是年輕，見楊婉落入高飛的手中，還以為楊婉是高飛擄走的，頓時醋意大發，不禁罵道：「你個禽獸，有我在，休想帶走我的愛妃。」

高飛笑了，覺得馬超真的很單純，正因為如此，馬超才很容易對付，所以他不希望馬超被推翻，如果換成曹操上臺，那就會成為他的勁敵。

他一直擔心的就是曹操復國的事，從曹操轉投馬超開始，他就有一種不祥的預感，這次長安之行，也確定了他的擔憂，只不過他沒想到，曹操的動作會那麼快。

「你笑什麼？」馬超見高飛只顧著笑，卻不說話，怒道。

「笑也有罪嗎？馬孟起，可憐你在戰場上意氣風發，雖然當了這個太子，卻終究是為別人做嫁衣！」

「你這話是什麼意思？」

馬超一點一點的向後挪動，對高飛和祝公道虎視眈眈，目光在院中掃視著，伺機尋找有利於逃走的突破口。

「很簡單，就是你**養虎為患**。」

「我養虎為患？」

馬超細細地想了想，一個身影漸漸地浮現在自己的眼簾，狐疑道：「你是說……曹操？」

高飛點點頭。

「哈哈哈……你多慮了。我對曹操早就有所防範了，我已經將他和他的舊部都分派到各地去當縣令了，又派人密切的監視他們，他們若有異動，必然會有人來向我稟告的。曹操？一個喪家之犬，怎麼可能會對我造成威脅？」馬超自負地說道。

「呵呵，那麼，我問你，你是派誰去監視他們的？自你派出這些人後，他們有向你彙報過嗎？」高飛反問道。

馬超皺起了眉頭，扭頭看了楊婉一眼，心中想道：「難道是楊修？不可能，楊修是愛妃的哥哥，怎麼可能會背叛我呢。可是……幾個月來，為什麼他從來沒向我報告過曹操的情況？」

高飛見馬超若有所思，又道：「馬孟起，我再……」

「夠了！我知道，你是怕曹操幫助我對付你，所以故意借此來激我，想借刀殺人，讓我親手除去你的這個勁敵，我才沒有那麼笨呢。我不僅不殺他，還要把他調回來，當我的大將軍，利用他來對付你！」

「哈哈哈！馬孟起啊馬孟起，你可真是悲哀啊，你十歲成名，手刃董卓，之後便勇冠三軍，縱橫羌中，年僅十四，便率領二十萬大軍浩浩蕩蕩的來和我爭奪中原，可惜你的輝煌將止步於今天。你可知道曹操現在在什麼地方？你可知道你現在已經是四處危機了嗎？」高飛進一步遊說道。

「那你說，曹操在何處？」

「就在長安，距離此地不足十里的一間民房內，而且他的舊部也全在，以及長安城中文武官員，還有你委以重任，最值得信賴的人……」

「不可能，曹操被我任命為玉門關的守將，無詔不得進京。何況從玉門關到長安，一路上要經過沙漠，最少也要半個月，他若是來了，那為什麼涼州沿途的官吏不向我稟告？」

「那你就要去問問那些太守大人了，不過，如果他們甘願和曹操聯合起來，又或者是有人故意隱瞞不報，你又怎麼知道？我聽說你自成婚之後，就一直沉迷於美色，將國中所有大事都委託給司空陳群處理。你父馬騰又不樂為帝，命你監國，自己卻不怎麼管理，這樣的朝廷，怎麼可能不會給人空隙呢？或許，你的愛妃就是有心人有所圖謀的工具，利用她的美貌來迷惑你，使你……」

「閉嘴！不許你說愛妃的壞話，愛妃是真心愛我的，我也是真心愛愛妃的，我們之間根本沒有秘密！」馬超聽到高飛詆毀楊婉，怒吼道。

楊婉比馬超冷靜聰明得多，她站在那裡聽著高飛的每一句話，加上今日楊元強行將自己帶走，並且擅自殺害守衛在醉香閣的人，就知道事情有些不對勁。

她拉了一下馬超的衣袖，歉疚說道：「太子殿下，都是我的錯，我不該……」

「愛妃，你沒有錯，你別聽這個人胡說，他是我的死對頭，想借刀殺人。他們將你擄走，就是為了要脅我……」

「太子殿下，我知道你愛我，對我百般呵護，可是，今天把我從皇宮中帶出來的，不是他們，是楊元！」

「楊元？愛妃……你說的都是真的？」

「是真的。還有一件事，就是有次我去丞相府，見到我哥和一個羌人來往……我哥以前是最不喜歡羌人的……」

「楊修？他居然……」

「太子殿下，不管我哥做了什麼事，都是他一個人的錯，跟我父親沒有關係，跟楊家的其他人也都沒有關係，太子殿下，請你……」

「愛妃，你放心，一人做事一人當，我不會為難你的家人，如果真是楊修在背後搗鬼，那我絕對饒不了他！」

高飛聽到馬超和楊婉的對話後，不禁笑道：「嫁出去的女兒，潑出去的水。這句話果然有幾分道理，不過，你們知道這件事太晚了，憑我的預感，長安城內已經充斥了反秦的人，今日突然聚集在一起，定然是有所圖謀，如果不迅速做出反應的話，那麼整個長安就將陷入水深火熱當中。馬孟起，你還是好好的將此事調查清楚才行，否則的話，你死都不知道是怎麼死的……」

「你胡說……」

「你再好好想想我說的話，如果不快點做出反應的話，那你就真的死無葬身之地了！」高飛說完，抱拳道：「馬孟起，我已經仁至義盡了，至於後面的路該怎麼走，就看你自己了，告辭了。」

馬超見高飛和祝公道要走，他也不攔。不是不攔，是攔不住。

高飛和祝公道縱身跳起，一個鷂子翻身便消失了。

馬超轉過身子，將楊婉攬入懷中，關切地問道：「愛妃，你還好嗎？他們沒有對你怎麼樣吧？」

楊婉搖搖頭，問道：「太子殿下，剛才那人是誰？」

「他就是高飛，我的敵人。」馬超恨恨地說道：「如果不是有那個姓祝的在，我肯定能將高飛殺死。」

「他就是華夏國的皇帝高飛？真是太不可思議了，他居然會出現在長安，難道他就不怕死嗎？太子殿下，妾身忽然覺得他說的話很有道理……」

「有道理？根本是狗屁的道理！他就是想借刀殺人，曹操怎麼可能會在長安呢？這簡直是天大的笑話！」馬超還是堅持己見。

「太子殿下，你相信我嗎？」

「信。」

「那你就應該相信高飛說的，因為，我相信他。」

「你……他是敵人！你怎麼能相信他說的話呢？」

「**此時，他是友非敵**，否則，他們完全可以將我們擊殺在此，然後揚長而去。太子殿下，我能得到殿下的垂青，已經很知足了，然而殿下身為儲君，卻不能再這樣下去了，殿下應該勤政愛民，司空陳群權位過重，只怕……」

楊婉的話還沒有說完，外面便傳來一陣急促的馬蹄聲，人聲噪雜，院門也登時被人打開，馬超帶來的百名精騎堵塞了院門，屯長翻身下馬，徑直走了進來，跪地道：「末將護駕來遲，請殿下責罰！」

「你們無罪！即刻傳令城中所有兵將，全城搜捕一個叫祝公道的人，寧可錯殺，不可放過。傳令所有城門守將，緊閉城門，沒我命令，不得私自放出任何人，違令者，部下殺之即可頂替其位！」馬超當即道。

「諾！」

馬超不敢說抓高飛，怕引起轟動，一個敵對國的皇帝出現在自己的都城之內，這只能說是他太過無能。所以他只說抓祝公道。

吩咐完，馬超當即轉身對楊婉道：「愛妃，此地不安全，皇宮內也不再安全了，這些人都是我精心挑選的，每個人能以一當十，我讓他們保護你，送你到涼王府，和伯瞻待在一起，他那裡要比皇宮要安全，任誰也想不到太子妃會在涼王府吧？」

楊婉點點頭，知道馬超接下來有大事要做，她身為女人，能幫他的很少，唯有站在他的背後默默支持著，至於高飛說的大事，她也有些疑慮，怕真的是借刀殺人之計。

她抱了馬超一下，貼在馬超的耳邊說道：「**凡事不可盡信，也不可不信**，殿下正好趁著搜捕刺客為由，可在全城內勘察，派兵把守城中各個要道，搜查每間民房，萬一真的如同高……他說的那樣，那殿下也是處在主動位置，可以防範於未然。」

馬超聽後，領會道：「愛妃放心，我讓他們全城搜捕祝公道，就是為了此事，如果長安城內真的混進來不少人，那麼我應該搶在他們前面有所行動。」

話音一落，馬超轉頭對部下吩咐道：「送太子妃去涼王府，讓伯瞻也整裝披掛，將趙王、晉王全部接到涼王府，然後讓他派人去皇宮，將公主也接到他那裡去，調集一千人藏於涼王府，重兵把守，如果出現什麼意外，即可從南門出城！」

「諾！」

馬超再抱了楊婉一下，有些依依不捨，但是為了以後著想，不得不離開，他振作精神，綽槍上馬，單騎向兵營奔馳而去。

第八章

斬馬行動

眾人聽到這個消息，都是一陣驚慌，當即有人道：「一定有人走漏了風聲，再等下去，我們只能坐以待斃！」

「等等！」曹操道：「事情還按照原計劃進行，現在就行動，以斬草除根為目的，斬馬行動，正式開始！」

丞相府。

楊彪焦急地等待在府中，他現在雖然身體還虛弱，可是氣色比上午好了許多，若非高飛激怒他，讓他吐出那口黑血，只怕他到現在還在床上躺著呢。

不多時，楊元帶傷從外面趕來，一臉的沮喪，見到楊彪，便立刻跪在地上，伏地哭道：「大人，屬下無能，小姐……小姐中途被人擄走了……」

「你說什麼？被何人擄走的？你是怎麼辦事的！」楊彪斥責道。

「是……那兩個人，晌午來過丞相府……」

「是他們？」楊彪驚詫道。

楊元被祝公道引開之後，當時便一陣好找，可惜找來找去都找不到，又不敢直接回來，在外面折騰了好一會兒才敢回來，也因此錯過了許多時間。

楊彪怒道：「你居然敢搶我的女兒，你不仁，別怪我不義！楊元，備轎，送我去向陽巷！」

楊元趕忙出去吩咐，待奴僕備好轎子，楊彪當即在楊元等幾十個練家子的保護下出了丞相府，徑直朝向陽巷而去。

一行人剛走出朱雀大街，楊彪急不可耐地掀開窗簾，對楊元喊道：「快點，再快點。」

「是，大人。」楊元催促轎夫再走快點。

忽然，馬超單騎從對面的玄武大街奔馳而過，很快又消失在街道上。

楊彪心中一怔，暗暗想道：「馬超朝兵營的方向去了……糟糕，萬一高飛將事情告訴馬超，那計畫就要敗露了，楊氏一門將會遭受滅頂之災……」

就在這時，一名騎將帶著一夥步卒從玄武大街湧現出來，向城南快速移動著，隨後又見到十幾支兵馬也是類似的情況，似乎在調兵遣將。

楊彪心中一驚，喊道：「快點去向陽巷，天要塌下來了！」

位於白虎大街和青龍大街中間的向陽巷中，一個並不起眼的民房附近，這幾天突然多了許多前來擺攤的菜農。

他們的穿著打扮和普通百姓無疑，乍看之下，也沒覺得有什麼可疑的，只是若仔細一想，你會發現，在這種偏僻的巷子裡擺攤賣菜，誰會來買？

那些菜農零零星星地分布在不同的位置，他們不叫賣，也不喊，就是安靜地坐在那裡，目光總是四處張望，像是在防範什麼似的。

在民房的院落內，堆放著成院子的柴禾，一些樵夫模樣打扮的人懶散地靠在柴禾堆上，但是目光卻很犀利，保持著極高的警惕性。

民房不大，也就三間房子，房門是緊閉的，裡面傳來一些輕微的聲音，像是有人在激烈的爭吵，但是刻意壓低了聲音。

透過房門的縫隙，可以看到裡面擠滿了一屋子的人，一個身穿墨色長袍，身材修長，極為儒雅的漢子站在人群的最中央，那個人，正是司空陳群。

陳群面色鐵青，站在那裡，犀利的目光掃視過屋內眾人的臉龐，低吼道：「不行就是不行！此等不仁不義之事，我做不出來！必須按照我的計畫行事！」

「斬草要除根，如果留下馬氏一族的性命，那我們所謂的『斬馬』行動又該如何進行？司空大人，馬超雖然對你有知遇之恩，不過，他好像用你一族人的性命曾經威脅過你吧？」

說話之人正是曹操麾下的謀士**徐庶**，他腰中懸著一口長劍，雙臂環抱在胸前，目光中對陳群充滿了鄙夷。

「此事違背了我的初衷，『斬馬』只需推翻馬氏的統治即可，無需要做到斬草除根，馬氏一族待我不薄，我不可以做出這種事情來。」陳群堅持己見，不願妥協。

大廳內氣氛異常緊張，曹操的舊部都站在曹操的身後，羌人的首領站在一起，陳群和楊修站在一起，另外還有侯選、楊秋、程銀等人，還有朝中其他的文官，一個小小的房間內，擠滿了幾十個人，使得這間屋子裡熱鬧非常。

曹操坐在那裡一直沒有說話，一雙眼睛迸發出異樣的光芒，一直在打量著眾人。

他抬起手捋了捋鬍鬚，緩緩地站了起來，說道：「如果司空大人不同意的話，那麼這次『斬馬』行動就不要再繼續下去了，我們各自散去，依舊向往常一樣接受馬氏的統治。不過，我想你們也知道，馬超好大喜功，殘忍好殺，稍微觸怒了他，可能就會有殺身之禍。我等秘密商議數月有餘，暗中聯絡，牽扯的人太多，如果就這樣無疾而終，只怕人心將散。另外，如果『斬馬』不能真正的斬馬，以馬超的武勇和個性，他不死，會放過我們嗎？」

話音一落，曹操給站在陳群身後的楊修使了一個眼色。

楊修點點頭道：「斬草要除根，否則就會死灰復燃。長安城經過三個月的精心布置，已經是箭在弦上了，此事已經不再是遲疑不決的時候，『斬馬』是大家共同所願。馬超若不死，那麼在武都的張繡、漢中的索緒肯定會發兵討伐，要知道，屯駐在漢中、武都兩地的兵馬，可都是馬超的舊部，他們不會跟我們同流合污。如果馬氏一族盡滅，他們失去了主心骨，也許就會妥協。另外，我們只控制了長安城中半數的兵馬，如果不依靠突襲先發制人的話，只怕很難抵禦馬超……」

「砰！」

不等楊修把話說完，門便被推開，一個太監跑了進來，急忙稟告道：「不好了，馬騰正在調集皇宮內所有御林軍，將御林軍全部集結在未央宮的宮門前……」

福無雙至，禍不單行。太監的話還沒落下，又一個人跑了進來，道：「馬超去兵營調集兵馬了，說是全城搜捕一個叫祝公道的人……」

眾人聽到這個消息，都是一陣驚慌，當即有人叫嚷道：「一定有人走漏了風聲，現在就行動，不能再等了，再等下去，我們只能坐以待斃！」

「對，現在就開始斬馬，將馬氏一族滿門抄斬！」

「我這就去調兵遣將，先下手為強。」

侯選參與這件事，也是為了謀得一個好的出路，但是說實在的，他很害怕馬超，之前因為保護丁次不利，致使丁次慘死，除了索緒之外，他和程銀、楊秋都受到了責罰，這讓他們很不爽。

正當侯選等人不如意的時候，楊修主動找上門來，憑藉著三寸不爛之舌，便成功的說服了他。

他把程銀，楊秋也拉了進來，這樣一來，屯駐在長安城中的六支軍馬，有三支就形成了一股力量，可以和馬超形成對抗，加上陳群、楊彪、楊修、曹操、羌人的參與，讓他們看到了希望，無形中壯大了反叛軍的聲勢。

「等等！」曹操決斷地道：「事情還按照原計劃進行，但是時間提前，現在就行動，以斬草除根為目的，**『斬馬』行動，正式開始！**」

「長文、德祖，馬超去兵營了……」楊彪這時從門外走了進來，喊道：「趕快行動，否則我們所有人將遭受滅頂之災！」

眾人聽到楊彪的話，更加緊張起來，侯選當即道：「不行，我得立刻回去調兵，楊秋、程銀，我們走。」

楊秋、程銀雙雙抱拳，朝眾人道：「告辭！」

話音一落，侯選、楊秋、程銀便走出小院，以最快的速度向兵營方向奔馳而去。

曹操當機立斷，道：「事不宜遲，如今是箭在弦上，不得不發的時候了，所有人開始行動，各位，請按照計畫行事吧！」

「可是……」陳群猶豫不決道。

他的話還沒有說完，楊修便拉住陳群的衣角，說道：「長文，事情已經到了不可控制的地步了，這件事，不再是你一個人能夠左右的了。」

陳群嘆了口氣，見眾人都出去了，皺起眉頭，什麼話都沒有說。

楊修走到楊彪的面前，說道：「父親大人，你怎麼親自來了？」

「高飛……高飛把你妹妹擄走了……」楊彪嘆道。

眾人剛走到一半，聽見楊彪的話，都是大吃一驚，不約而同的道：「你剛才說誰？」

「高飛……高飛來到長安了！」

曹操尤為驚詫，快步走到楊彪面前，問道：「丞相大人，你說的可是實情？」

「字字屬實，而且，高飛似乎知道我們在密謀的事，我猜是他向馬超告密，所以馬超才回去兵營調兵的！」

「父親大人，你怎麼會知道高飛來到長安？」楊修問。

「德祖，你也見過，就是那個叫唐亮的……」

「啊？」陳群咋舌，不敢置信地說：「怎麼是他？」

楊修問道：「長文兄，你也見過？」

「今天晌午他還去了司空府拜會的，只怪我眼拙，沒有認出來。」

「諸位且莫要驚慌，想那高飛也是混入長安的，必然不會帶來許多兵馬，否則的話，邊境為何不報？既然高飛在長安城中，就是掘地三尺也要把他挖出來，現在兵分兩路，諸位大人按照計畫行事，我派人去尋找高飛，將他就地斬殺，以絕後患。」曹操朗聲道。

「此計甚妙！」眾人紛紛點首。

曹操問：「丞相大人，請問高飛今日是如何裝扮？」

於是，楊彪便將高飛的樣子說了出來，隨後，陳群想起高飛曾經告訴他住地，便也和盤托出。

有了這些資訊，曹操笑著轉身，道：「仲康，元讓、妙才，你們三個帶領三百人去捉拿高飛，不論老幼，一律將其格殺，取高飛首級者，重賞之！」

許褚、夏侯惇、夏侯淵當即齊聲抱拳道：「諾！」

計議已定，大家各自散開。

曹操又讓徐庶給城外發放信號，讓秘密駐紮在長安西門外的曹仁、曹休、荀彧、程昱、滿寵等人帶領羌兵開始行動，配合城中的人作戰。

陳群雖然不願意做得太過分，但是畢竟自己參與進來了，到了這個節骨眼上，也只好利用手中的職權親赴西門，準備勒令守將打開西門。

楊修隨行，讓楊元護送其父楊彪回府。曹操則帶著曹真和那良等羌族首領去各處召集秘密潛入長安城內的部眾，一場「斬馬」行動就此拉開序幕。

高飛和祝公道離開馬超後，迅速回到劉宇的住處，此時司馬懿、祝公平、劉宇等人已經等候在那裡很久了。

一進門，不等高飛開口，祝公平便道：「唐公，長安城中不宜久留，應該速速離去，剛才我在回來的路上，發現了不少可疑之人。我已經讓人去召集所有在長安城中的徒眾了，他們將彙聚在東門，隨時保護唐公出城。」

在劉宇的再三追問下，祝公平告訴了劉宇高飛的真實身分，劉宇聽後，當即決定跟隨祝公平一起效忠高飛，畢竟這個時候保護高飛出城，遠比在長安城中做一個小吏要好得多，何況他也能借用守將的權力打開城門，放高飛等人歸去。

劉宇都是任俠之人，當即向高飛稟告道：「剛才我接到命令，太子殿下親自下令封鎖城門，如果這個時候還不走的話，就沒機會走了。我今天當班，可以讓部下打開城門放其歸去，唐公，請速速動身！」

高飛在回來的路上，已經和祝公道見到兵馬調動的跡象，加上他也不敢保證馬超百分百相信他說的話，**一方面，他不希望曹操顛覆馬氏政權；另一方面，他**

又希望曹操和馬超鬥個兩敗俱傷，最好全部完蛋，他就省心多了。

他點點頭，毫不猶豫地說道：「現在就動身離開，遲則生變。」

於是，眾人收拾一切，劉宇又親自穿上守將的官服，將母親、妻子都接上車。

準備妥當後，正要動身時，祝公道忽然聽到一陣急促的腳步聲傳來，縱身跳上牆頭，便看見從西邊的巷子裡衝過來幾百人，領頭的正是許褚、夏侯惇、夏侯淵，一個個凶神惡煞的。

他急忙對高飛道：「主人，敵人出現了，領頭的是個獨眼龍！」

高飛心中一驚，他還沒有去找曹操麻煩，曹操倒是先找上門來了，而且行動如此迅速，他急忙說道：「快走！」

祝公平對手下十名武功不錯的家奴道：「你們留下，阻擊敵人！」

家奴們沒有半點猶豫，紛紛抽出隨身攜帶的長劍，堵住正門。

「公道大哥，我們走！」祝公平跳上一輛馬車，趕著馬車便對祝公道喊道。

祝公道跳下牆頭，回頭看了眼祝公平的那十名家奴，說道：「保重！」

十名家奴頭也不回，齊聲吼道：「請速速離去！」

劉宇駕著馬車，衝在最前面，對後面喊道：「跟我來，從後門走。」

高飛將司馬懿抱上馬車，自己親自駕著一輛車，和祝公道、祝公平一起跟著劉宇從後門跑了。

「砰！」

一聲巨響，院門被一腳踹開，許褚拎著他的古月寶刀，寒意逼人，光滑的刀面映照在太陽下面，折射出道道精光。

他虎軀一震，一個人出現在院門口，看到院內十名劍客，一腳擺開了陣勢，掃視一眼，並未看見高飛等人，而且後門還開著，便打算從院子裡穿過去。

夏侯惇、夏侯淵在許褚的身後，帶著的人也都在後面，看了一眼院子裡的形勢，夏侯惇的眼裡迸發出光彩，大聲喝道：「殺進去！」

許褚快步衝了進去，身先士卒。

十名劍客都是用劍高手，見敵人眾多，當下移形換位，各站一個方位，組成了一個劍陣。他們見許褚、夏侯惇、夏侯淵等人都衝了進來，便揮舞著手中的長劍迎敵。

劍影幢幢，劍氣縱橫，十把長劍攻守兼備，配合的相當默契，形成一堵無形的劍網，罩住了許褚、夏侯惇、夏侯淵等人前進的道路。

許褚、夏侯惇、夏侯淵都是大將級別，每個人都是久經沙場的老手，但是他們從未見到過如此劍陣，三個人，三種兵器，三路齊攻，損失了十餘名部下，卻始終無法突破這十名劍客所布下的劍陣，一時間阻滯在這裡。

許褚被劍氣劃破了衣角，氣憤不已。院子就那麼大，可是前來攻擊的人卻很多，空間相對就減少了，反而對布下劍陣的人更加有利。

他忍不住擼起袖子，脫去了礙事的上衣，露出一身堅硬如石的肌肉，大聲叫道：「奶奶個熊！兩位夏侯將軍，你們率軍從側面追，給我留二十個人，我來對付他們！」

夏侯惇將手中大刀橫在胸前，看了許褚一眼，問道：「你行不行啊？他們這十個人可不是一般角色。」

「你們走！我不信殺不死他們！」

許褚是個好勇鬥狠的武將，而且還喜歡鑽牛角尖。

夏侯淵點點頭道：「兄長，仲康武力過人，不會有事，我們還是追高飛要緊，在這裡耽誤了太多時間……」

「哇啊……」不等夏侯淵的話音說完，院子外面突然傳來了一陣喊殺聲，竟然是馬超的部下殺到了。

「怎麼回事？」夏侯惇扭頭問道。

「是秦軍……」

原來，馬超去了兵營，調集了城中所有兵馬，將六支兵馬分別調往城中六個不同的地方，以堵城門的方式分別掌控兩道城門，侯選、楊秋、程銀雖然趕回去了，可惜沒來得及，正好遇到全身披掛的馬超，馬超當即把他們三個人帶在身邊，去皇宮了。

侯選、楊秋、程銀三個人對馬超終究畏懼，而且馬超身邊都是他的心腹，他們不敢妄動，只說去喝酒了，兵馬沒有調到，反而又深陷在馬超等人之中，失去了作用。

恰巧這支秦軍途經此地，看見一夥人手持兵刃，當即就以刺客論處，直接向他們發動了攻擊。

夏侯惇、夏侯淵出門一看，秦軍步騎兵太多，充滿了整個巷子，加上甲冑重重，正以排山倒海之勢向他們壓了過來，三百士兵在秦軍的亂箭和夾擊之下，登時便死傷百餘人。

「退！讓秦軍去對付高飛！」夏侯淵當機立斷，大聲喊道。

許褚聽到要退，不平地道：「殺他娘的，反正都是要反，殺誰不是殺?!」

「仲康不得魯莽，高飛並不在計畫之內，速度撤出去，留下一些人擋住他們，我們速回主公身邊！」

三個人中，只有夏侯淵最冷靜，作為昔日魏國首屈一指的指揮型大將，審時度勢的能力一點都不含糊，「立刻散布出流言，說華夏國兵馬已經兵臨城下，欲蓋彌彰！」

夏侯惇聽後，覺得此法可行，看了一眼那十名劍客，確實不易突破，而且許褚還正在和他們酣鬥，身陷其中，被劍網罩住，古月刀只有招架的份。他急忙喊道：「仲康速退！」

許褚無奈，他實在衝不破這劍陣，只覺得這十個人配合默契，攻守兼備，互相彌補了其中不足，反倒是將他逼得還不了手。

「奶奶個熊！便宜你們了！」許褚大叫一聲，古月寶刀一陣亂砍，逼退劍陣後，便縱身跳了出去。

「走！」

夏侯淵一聲令下，夏侯惇、許褚當即帶著百餘人撤了出去，留下四五十人堵住要道，一路上大聲喊著華夏軍兵臨城下的話。

這些秦軍中沒有名將統領，卻極有規律，均以各部軍司馬為首，相互助攻，很快就將那五六十人消滅乾淨。

血流成河，屍體遍地都是，秦軍這場巷戰勝利，卻得到了華夏軍兵臨城下的消息，急忙派人上報，並且儘快增援各個城門。

當秦軍進入民房後，十名劍客早已退卻，各自施展輕身功夫，朝長安城的東門跑去。

長安城如今亂作一團，軍隊隨處可見，騎兵來回在城內奔馳，步卒紛紛穿街過巷，並且挨門挨戶的進行搜查。

「斬馬」行動正式開始後，隱藏在長安城中的反秦勢力盡皆聯合起來，群起而攻之，暴民隨地可見，大家都朝著皇宮方向殺去。

馬超帶著侯選、程銀、楊秋以及部下親隨，朝皇宮而去，剛到皇宮宮門，便看到馬騰頭戴金盔，身披金甲，在王雙等御林軍的護衛下顯得甚是威風。

「父皇，你怎麼出來了？」馬超策馬奔馳到馬騰身邊，也不參拜，只象徵性的拱拱手問道。

馬騰道：「朕收到消息，長安城中亂作一團，暴民遍地，這到底是怎麼一回事？」

馬超道：「兒臣已經派人去調查了……」

他沒有告訴馬騰高飛在此間的消息，這對他們來說，無疑是一個恥辱。

「報！」

一騎快馬奔馳過來，朗聲道：「啟稟陛下、太子殿下，陳群、楊修公然反叛，打開了西門，將叛軍迎了進來。還有……曹操……曹操和他的舊部突然出現在長安城內，另外還有一些文武大臣率領著自己的私兵四處縱火為亂……」

「居然被他言中了？陳長文、楊德祖安敢如此！」

馬超驚詫之餘，悔恨莫及，**恨自己沒有相信高飛的話**。可是這種事，放在誰的身上，**誰又能夠相信一個敵對國的皇帝的話呢？**

「不怕，只要軍隊在我們手中，即刻調集所有兵馬平叛，任何進行抵抗的人，全部予以鎮壓！」馬騰魄力猶在，當即叫道。

馬超問道：「除西門外，其餘城門如何？」

「其餘城門都安然無恙，只有東門傳來華夏軍兵臨城下的消息……」

「此必謠言，不可輕信。」馬超道：「父皇，你且在皇宮這裡，我帶一千騎兵去西門，我倒要看看，哪個人敢不聽我號令！」

侯選、楊秋、程銀三人見機會來了，急忙稟告道：「陛下，殿下，我等願意去調集本部兵馬，去西門平叛。」

三人都是馬騰舊部，馬騰自然對其信任有加。只是他不知道，三個人和馬超之間的嫌隙越來越大，也參與了這件事。

他當即點點頭道：「楊秋、程銀，你們二人去北門調兵，趕往西門，侯選，你去東門調兵，然後從東向西開始誅殺城中叛軍，王雙，你去接管南門！」

馬超問道：「父皇，那你呢？」

「朕有這些御林軍保護，何況以朕的身手，要想近我的身也難。」

馬騰說得一點都沒錯，他的武功雖然不及其子馬超那麼勇猛，卻也是西北一大高手。

馬超道：「嗯，侯選、楊秋、程銀，你們速速去調兵，以本部兵馬平叛，事成之後，皆封為萬戶侯！」

侯選、楊秋、程銀三個人互相對視了一眼，都露出了貪婪的神情，抱拳道：「諾！」

「王雙，你去接管南門，一萬兵馬全部歸你指揮，另外，涼王府也未必安全，你趕緊派人將涼王等人全部帶出長安，先讓涼王等人護送其餘人去漢中。」

馬超已經做了最壞打算，害怕傷及到涼王他們，才出此下策，因為，他要大開殺戒，血洗長安城，將那些反叛他的人全部予以誅殺！

「諾！」王雙單騎策馬而出。

馬超向著馬騰拜道：「父皇，我去西門平叛，請父皇駐守皇宮，就算遇到攻擊，只要緊守宮門，叛軍也無法攻進來。」

「嗯，你去吧，自己小心點，將陳群、楊修活捉，朕要親自殺了他們！」馬騰道。

「兒臣遵旨！」

話音一落，馬超策馬帶著一千騎兵向西門方向而去。

馬騰見馬超走了，目光中露出一絲寒意，當即對身後的御林軍道：「都跟朕走！」

御林軍緊緊跟隨馬騰而去，馬騰一馬當先，快速前向奔去。

他心中暗想道：「陳群、楊修二人公然反叛，陳寔、楊彪必然脫不了關係，朕要血洗朱雀大街，將陳氏、楊氏一門屠戮，以絕後患。」

他這個皇帝做得很窩囊，登基的時候是被兒子挾持的，雖然極為不情願，但是他的兒子想當皇帝，他就要硬撐著。

知子莫若父。他願意替兒子背負一切罪名，以後傳位給馬超的時候，也好清除一切障礙。

本來他以為重用陳氏、楊氏，就能使他們好好輔佐馬超，可是陳群、楊修的公然反叛，讓他體認到這是一切罪惡的根源，**掃平道路才是最重要的**。

一萬名御林軍浩浩蕩蕩的被馬騰拉出皇宮，所過之處遇到不少身穿白衣白甲的反叛者，根本用不到馬騰出手，前部先鋒就已經將其廓清，掃開了一條寬闊的道路，直接逼向朱雀大街。

楊修在御林軍裡有安插的人，可是畢竟是少數，這個時候礙於自保，不敢展開行動，而是尾隨馬騰等人去了朱雀大街。

侯選、程銀、楊秋三個人離開皇宮後，楊秋便私下對侯選、程銀說道：「我們之所以參與斬馬行動，無非是因為馬超對我們有功不賞，剛才他說了，如果我們平叛成功，那麼就會封我們做萬戶侯。你們想想，斬馬的人那麼多，到時候斬馬過後，誰當皇帝必然還要爭執，我們還不如直接殺掉那些斬馬的人，反正我們知道他們的計畫，殺起來也方便……」

侯選、程銀二人對視一眼，頻頻點頭道：「有道理……」

「那我們就幫助馬超平叛，我們現在是關鍵，倒向斬馬那幫人那邊，斬馬已經部署了那麼久，即使出了這種亂子，也沒有什麼懸念，而且斬馬之後，我們能得到的未必有那麼多。一張餅，一百個人吃跟十個人吃，差別是很大的。」楊秋進一步解釋道。

侯選道：「嗯嗯，現在馬超需要我們，城門只打開了西門而已，只要我們不打開北門，那些羌人也攻不進來，再將斬馬的人一網打盡，誰知道我們參與過斬馬？」

「妙計妙計，之前被陳長文唬弄了，這次親自為太子出力，必然會得到不少封賞。」程銀也同意道。

楊秋嘿嘿笑道：「那麼，咱們就這麼定了，先清理長安城中的斬馬分子，然後集結兵力，把西門湧進的叛軍給驅逐出去！」

「好！」侯選、程銀二人重重地點頭道。

話音一落，三人當即分頭行動，程銀、楊秋的兵馬被馬超調往了北門，他們則去北門，侯選的兵馬被調往東門，則往東門奔馳。

三人反覆無常，只以利益得失作為行動的前提，可說是西涼人的一大詬病。

此刻，長安城的東門。

劉宇駕著馬車第一個趕到，看到的卻是另外一番景象，東門口居然多了許多兵馬。

他急忙勒住馬車，跳了下來，上前抓住一個士兵便問道：「你是誰的部下？」

士兵瞥了劉宇一眼，一副傲慢的樣子，回道：「關你什麼事情？」

劉宇不再多問，跑到城門邊，去問自己的部下。

部下告訴他這是侯選的人，他當即返回馬車那兒，對高飛道：「唐公，你們一會兒就說是我的家人，我好騙開城門。」

高飛會意，見侯選的部下懶散地站在城門邊，騎兵、步兵毫無隊形可言，就知道這幫人的戰鬥力如何了。

他回頭看了眼長安城，見城中烽煙四起，到處都是滾滾濃煙，有的百姓不願意坐以待斃，剛出門便遭遇軍隊，又被堵了回去，慘狀可想而知。

「哎！但願長安古都不要再變成一堆焦土了……」

長安城中刀兵四起，穿著黑衣黑甲的秦軍士兵和穿著白衣白甲的叛軍展開了激烈的巷戰，零零星星的火光到處都是，百姓夾在兩軍之間苦不堪言。

叛軍的數量只多不少，城內負責接應的，都是一些白衣白甲的叛軍，他們大多是提前進入長安城中的人，或者是各級參與反叛的私兵。其中絕大部分都是以白布裹在右臂上，作為叛軍的標識。

東城門口。高飛、祝公平、祝公道、劉宇等人，大搖大擺的來到城門邊，那些懶散的士兵根本不予過問。

在城門邊的門房內，聚集了一屋子的人，他們都是祝公平的徒弟，在長安城裡都曾經跟著祝公平學習過一段時間的劍法。

古人講，一日為師，終生為父，在這些徒眾身上得到了很好的闡釋。眾徒大多都是浪跡長安街巷中的頑劣之輩，有些人和軍隊裡的人還很熟悉，更有甚者，為了混口飯吃，跑去軍隊裡當教習武師。

眾人一見到祝公平來了，紛紛圍了上去，齊聲拜道：「師父！」

祝公平見到後，急忙向眾人引薦高飛，只說是他的主人唐公，讓眾位徒弟前來拜謁。

禮畢之後，劉宇便道：「眾位師弟，一會兒若是有什麼事情，儘管替我們擋住，你們當中有不少人和軍隊裡的人熟悉，師兄在此拜託了！」

祝公平的徒弟當中，不乏長安城中的富貴之人，吃喝嫖賭樣樣精通，可以說，在這裡的百餘個徒弟當中，包含了長安城中的三教九流，什麼樣的人都有。

劉宇是祝公平的大徒弟，劍法出眾，只是家境困窮而已，與其他一些徒弟比，根本不在一個等級上。

他們聽到大師兄劉宇的話後，都點點頭。

祝公平對劉宇使了一個眼色，說道：「你去將城門打開……」

「等等！」高飛急忙阻止道：「此時打開，無疑暴露目標，這附近的兵馬少說不下五千人，排成很長的隊伍，剛才推說是劉宇家人前來避難，這會兒要是打開城門，只怕會引起懷疑。」

「那該怎麼辦？」

「先躲起來，長安城中已經混亂不堪了，我們在這裡靜觀其變，這裡軍隊眾多，絕對沒有人敢來搗亂。就算調兵，大將走到最前面，招呼一聲就走了，也牽扯不到我們，何況人山人海的，我們不一定被發現。」

大家都覺得高飛說的有道理，便暫時躲在門房內，劉宇以城門守將的身分調集了一百士兵在門口把守，靜觀其變。

過了一會兒，侯選果然親自前來調兵，將駐守在這裡的五千名部眾全部帶走，揚言去平定叛亂。

等到那五千名士兵走了以後，高飛確定侯選等人走遠了，便讓劉宇去打開城門。

劉宇當即來到城門口，喝令道：「打開城門！」

馬超曾經下過命令，任何人不能打開城門，所以士兵們都不敢動彈。

劉宇見狀，大叫道：「怕甚！天塌下來，個大的頂！上頭要是怪罪下來，有我在呢，快給我打開城門。」

眾位士兵左右為難，始終不敢打開城門，對馬超的話很畏懼！

「娘希匹的！都反了不成？打開城門，否則……」

「大人，不好了，城外來了許多騎兵，都是羌人……」一個士兵急忙從城樓上衝站在下面的劉宇喊道。

劉宇吃了一驚，喊道：「別打開城門！」

話音一落，他便跑到門邊，透過縫隙看到城外少說有萬餘羌人的騎兵，每個人都凶神惡煞的，右臂上纏著一塊白布，在一個渠帥的帶領下浩浩蕩蕩的奔馳過來，捲起滾滾的灰塵。

「糟了，是叛軍！」劉宇看到之後，心知不好，急忙跑了回去，去見高飛。

劉宇回到高飛身邊，抱拳道：「唐公，不好了，城外出現了叛軍，都是羌人，足有萬餘騎兵，他們等那裡，似乎並不急著入城，卻把城門給堵住了！」

「叛軍？果然是好計策，這是裡應外合啊，而且堵住城門，是不想放任何一個人逃走，**看來曹操拉攏了不少羌人**，只是……**馬超號稱羌人心目中的神威天將軍，為什麼羌人會跟著反叛呢？**」高飛百思不解。

雖然想不通，但是他不能低估曹操的能力，短短的幾個月，竟然能夠號召起來這麼龐大的反叛力量，**到底是曹操太強，還是秦國內部太過鬆散，給了曹操可**

乘之機？

這時，城門校尉騎著一匹快馬，帶著五十匹快馬急速奔了過來，看到劉宇，便大聲叫道：「劉宇，把城門打開！」

眾人紛紛扭頭看去，見城門校尉右臂上也纏著一塊白布，登時便明白了。

劉宇看了高飛一眼，等候高飛的吩咐。高飛眨了下眼睛，小聲道：「將計就計！」

劉宇明白過來，當即向城門校尉抱拳道：「諾！」

還沒有等劉宇發話，守在城門邊的人便已經將城門打開了。

那些士兵不知道什麼時候將右臂纏上了白布，而且幾乎在一瞬間，劉宇手下三百名守城門的士兵都纏上了白布，以絕對性的優勢壓倒了劉宇的親隨一百人。

原來，城門校尉早就做好了安排，就算劉宇不打開城門也沒關係，城門還是會打開的。

城門校尉也是反叛軍的一員，本來按照計畫，他負責打開北門，但是他多留了一個心眼，在東門也安插了自己的人。

他之所以來到東門，是因為他在南門的人都被楊秋、程銀殺了，反而將北門給控制住了。要不是他回了一趟家，只怕他也難以倖免於難。

他見楊秋、程銀居然反覆無常，擔心這次行動失敗，引不來外援，又失去了楊秋、程銀等人的部眾支持，所以才採取備用方案，奔到了北門。

城門被打開後，羌人在其渠帥的帶領下，毫無阻力地進入了長安城。

城門校尉一見到那個羌人渠帥，當即說道：「原計劃出現了一點變數，楊秋、程銀居然幫助馬超去了，現在正在肆意殺害城中斬馬的人，我們就不必按照原計劃進行了。」

渠帥點點頭，抽出彎刀，便和城門校尉一起向城中而去，身後萬餘名羌族騎兵各個嗚咽地叫喊著，從高飛等人的面前奔馳而過。

這邊羌人進城之後，那邊城門便關上了，三百名纏著白布的士兵堵在城門口，嚴陣以待。

這倒是出乎了劉宇的預料，當即喊道：「把城門打開，我要出城！」

一個軍侯挺身而出，看了劉宇一眼，冷哼一聲，道：「你算老幾？我們只聽校尉大人的！」

「娘西匹的！老子才是這個城門的守將，你們這些……」

不等劉宇把話說完，那名領頭的曲軍侯當即抽出佩劍，直接刺向劉宇。

劉宇大吃一驚，急忙跳開躲閃，喝道：「賊你娘！連我也殺？」

曲軍侯根本沒把劉宇放在眼裡，大聲地道：「老子殺的就是你，從此刻開始，城門我接管了，任何人要出進，都要經過我的同意！」

「同意你娘！」劉宇當下拔劍衝了上去，一劍將曲軍侯手中的長劍給挑飛，順勢刺傷了他的手腕。

這時，曲軍侯身後的三百名士兵一起圍攻劉宇。

劉宇的師弟們、部下親隨們見了，都前來招架，竟然在城門邊展開了激戰。

高飛見狀，覺得太亂了不好，急忙對祝公道、祝公平說道：「擒賊擒王，殺雞儆猴！」

祝公道、祝公平明白是什麼意思，當即跳入戰圈，兩個人一出手立刻殺死了幾個人，然後朝著那個曲軍侯殺了過去，一劍削去，曲軍侯的人頭落地，祝公平則去斬殺其餘的幾名屯長。

戰鬥毫無懸念，兩大劍客一起出手，在人群中接連刺死了他們當中的頭目，加上祝公平的徒眾們都並非浪得虛名，反而將他們死死地壓制在了城門邊，抵擋不住這些劍客們的攻擊。

不到一刻鐘，三百士兵便都死在了這些劍客的手下，而這些劍客之中，帶傷的只有十幾個。

劉宇急忙讓師弟們打開城門，清理出一條走道來，讓高飛等人趕著馬超迅速離開城門。

一行二百多人，四輛馬車在前面奔馳，一百步卒和劉宇的師弟們緊緊相隨，算是逃出了長安城。

高飛趕著馬車，回頭望了眼濃煙滾滾的長安城，看到從東城門湧出零星的百姓，心中一陣蒼涼。

「師父，俗話說，兩虎相爭，必有一傷，秦軍和反叛軍的這場戰鬥，不管誰勝誰負，都會削弱秦國的實力，如果我軍趁此機會大軍進攻秦國的話，或許會有意想不到的收穫！」

司馬懿一直躲在馬車內，靜靜地觀察著四周，逃出來後，掀開簾子對高飛說道。

高飛道：「若能趁此機會直搗長安，那以後的路就好走了！」

「主人！你看那邊！」祝公道眼力獨到，指著長安城東南方向喊道。

高飛扭頭看了過去，看見王雙帶著一隊騎兵正在和羌兵激戰，三輛馬車在王雙的保護下快速地向著東南方向趕來，登時狐疑道：「那是馬超的家眷嗎？」

長安城的東南角，三輛馬車拼命的向前奔馳，在馬車的前面，一個頭戴銀盔，身披銀甲，手拿銀槍的少年騎著一匹白馬，身後帶著四五名騎兵，當先開道，馬車的兩側，則是十八名精騎護衛著，一路向前奔跑。

三輛馬車的後面，王雙拎著一口大刀奮力拼殺，身邊百名精騎拼死抵擋追過來的羌人騎兵。他手中大刀的刀刃也已經砍捲了，背上插著幾支箭矢，鮮血染透了整個衣甲，卻仍舊在奮勇殺敵。

羌人騎兵越聚越多，王雙的部下越來越少，槍林箭雨中，十幾名騎兵盡皆喪命，就連座下戰馬也隨之倒地不起，被追上來的羌人騎兵盡皆踏在馬蹄之下，血肉模糊。

羌人騎兵衝破了王雙左邊的防線，幾百騎兵迅速從側面一路狂追，直逼馬車而去。

白馬銀槍的少年回頭看見羌人騎兵逼近，看到前面有一個窄小的路口，急忙調轉馬頭，對身後的五名騎兵喊道：「保護他們先行，追兵我自擋之！」

話音一落，白馬銀槍的少年緊緊地綽著手中銀槍，留在那個路口，放馬車全部過去，橫槍立馬，單人單騎擋在路口，一雙深邃的眸子裡射出道道精光，緊盯著追過來的羌人騎兵。

羌人騎兵根本沒把這個年僅十一歲的少年放在眼裡，一鼓作氣的衝了上去，舉起手中的長槍、馬刀便叫囂著攻了過來。

白馬銀槍的少年立在那裡巍然不動，見羌人騎兵逼近，一桿銀槍陡然舞動，一出手便接連刺死了七八名羌人騎兵，硬是憑著一桿銀槍擋住了數百羌人騎兵的去路。

羌人騎兵中，一個渠帥奔馳到前面，看了那少年一眼，心中登時一驚，以為是馬超，正準備調轉馬頭逃跑時，卻想起馬超已經是個大人了，鎮定了一下精神，仔細瞅去，發現並不是馬超，當下鬆了一口氣。

王雙身邊百餘騎兵只剩下五六十騎，見許多騎兵從側面撲了過去，當即帶著剩下的部下調轉了馬頭，飛快地去追馬車，力求保護馬車不受侵擾。

白馬銀槍的少年在路口廝殺，路口只能並排經過五匹戰馬，被那少年橫槍一擋，羌人連續死了二十多個人都無法突破，反而給路口增加了不少屍體。

羌人渠帥見部下無法突破，那少年英勇無敵，頗有當年馬超之風采，急忙下令道：「弓箭準備！」

有帶著弓箭的騎兵紛紛將開弓搭箭，瞄準了那個白馬銀槍的少年，正待射箭時，不料王雙帶著五六十騎兵從背後殺來，一陣猛衝，攪亂了羌人的背後，渠帥急忙調集兵力前去抵擋。

可是王雙越戰越勇，一刀劈死一個，砍捲的刀鋒失去了鋒利性，未能將羌人的頭顱完全砍掉，還留著一段筋肉在脖頸上帶著，一個個腦袋耷拉著，從脖頸裡噴灑出不少鮮血。

渠帥見王雙逼近，不敢迎敵，急忙吩咐放王雙等人過去，然後再以大軍圍攻！

王雙一陣衝殺，折損十餘騎後，終於和那白馬銀槍的少年會合在一起，看到那少年滿身失血，當即叫道：「涼王殿下，請速速保護趙王、晉王還有太子妃離開此地，這裡交給末將抵擋！」

那白馬銀槍的少年，就是秦國的涼王，馬騰的侄子，馬超的堂弟——馬岱。

馬岱見王雙血透戰甲，身上還插著幾支箭矢，心中一陣悲涼，也甚是不捨，說道：「王將軍，你走，我留下！」

「涼王殿下，末將死不足惜，這是太子交給末將的任務，要末將保護殿下，如果不能保護殿下的安危，末將將有何面目存活於人世間？去漢中的大路被叛軍切斷了，涼王殿下帶著他們走小路，先向東暫退到霸陵，再去藍田，最後折道子午嶺，由子午嶺進入漢中，請索緒將軍嚴守漢中各處關隘，出兵接應太子殿下。」

王雙怕馬岱年幼，不知道如何去漢中，便將路徑詳細地說給馬岱聽。

馬岱聽後，見王雙視死如歸，咬咬牙道：「王將軍，請答應本王，無論如何都要留住性命！」

王雙笑了笑，說道：「涼王殿下請放心，末將是屬貓的，有九條命，這些羌人是奈何不了我的！」

馬岱雙眼滿含熱淚，向王雙抱了一下拳，調轉馬頭，「駕」的一聲大喝，便迅速追馬車去了。

王雙回過頭，見羌人重新集結在一起，後面的騎兵更是不斷地湧過來，放眼望去，大概有六七千騎，他看到這一幕，嘴角笑了笑，當即吼道：

「兒郎們！為了太子殿下，為了大秦國，一定要守住這個路口，拖得越久越好！」

「諾！」

本來，王雙按照馬超的指示，去涼王府把馬岱、馬鐵、馬鐵以及太子妃楊婉都給接到了南門，可是等他帶著千餘騎兵到南門時，才發現南門那裡已經亂作一團，城門被洞然打開，叛軍也已經衝進了城裡。

由於攻擊的措手不及，布置在南門的士兵基本上失去了抵抗的能力，任由叛軍中羌人騎兵在那裡肆無忌憚的踐踏。

王雙想退，哪知道歸路又被叛軍截斷，城中更加的混亂，於是他帶著五百騎兵，一馬當先的衝鋒陷陣，用六百騎兵護衛馬岱等人，經過一陣奮力的拼殺，終於將馬岱等人帶出了長安城。

可一出城，王雙發現城外有更多的叛軍，也已經封鎖了去漢中的道路，當機立斷，便帶著馬岱等人向東南逃逸。

反叛軍急忙追了過來，王雙便帶人斷後，和羌人血戰，邊戰邊退，這才將馬岱等人帶到了這個地方。

此刻，王雙抱著必死的決心戰鬥，身上雖然插著箭矢，但是絲毫不能讓他畏懼，任由血液不停地流出，任由疼痛占據全身所有的感官，他都要堅挺地站在這裡，他知道，**一旦他倒下去了，他的部下將失去底氣，馬岱等人也別想跑出去了。**

他的雙目迸發出無比的憤怒，整個人憑著驚人的意志力，超越肉體的極限，堅持戰鬥著。

「殺——」

看到羌人衝了過來，王雙帶著部下死死地堵在路口，奮力殺敵，毫不退縮！

第九章

樹大招風

「樹大招風，怪只怪我們信錯了人，如果一開始就鐵腕統治的話，對陳群、楊彪等人斬草除根，或許就不會招致這樣的結果。更主要的是，你擅自收留了曹操，當時朕並不同意，結果種下了今天的禍根。」馬騰埋怨道。

馬岱正策馬狂奔，看見前面馬車竟然停在路邊，被一群不知名的人給包圍住，其中還有秦軍的將士，便快馬加鞭地趕了過去，趕到馬車的最前面，橫槍立馬，掃視著這夥人，大聲地道：「都閃開！擋道者死！」

對面的人群中，走出來一個白髮蒼蒼的人，但是面部卻是年輕人的模樣，臉上沒有一絲皺紋，下巴也沒有一根鬍鬚，臉上帶著一道箭痕，正是高飛。

他打量了馬岱一眼，見馬岱的裝束和馬超幾乎相同，年歲略小幾歲，便道：「小娃娃，看你這身裝束，和馬超無異，應該是馬岱吧？」

「正是本王，你是何人？」

馬岱面對那麼多人，沒有絲毫畏懼，年少輕狂的他果然是初生牛犢不怕虎。

「呵呵，救你們的人。」高飛笑道。

這時，楊婉從第一輛馬車上掀開簾子，對馬岱說道：「涼王，請你相信他，他會保護我們的。」

馬岱聽到楊婉的話，回頭看了眼正在激戰的路口，當即道：「好，只要你能帶我們安全離開這裡，本王以後必然會封你為侯！」

高飛笑了，說道：「那倒不必，還是我封你為侯吧。」

「什麼？」馬岱以為聽錯了，想再確認一下。

高飛笑道：「呵呵，沒什麼！這裡去霸陵，一共有兩條路，一條是筆直的大路，半天路程便可以抵達，一條是羊腸小徑，需要一天的時間，你們沿著大道走……」

「為什麼要沿著大道走，萬一追兵追過來了，那我們豈不是一個都走不掉？」馬岱狐疑道。

「你放心，正因為你們走的是大道，他們才不會從這裡追，反而會走羊腸小徑。」高飛解釋。

「為什麼？」馬岱想不通。

「呵呵，**這就叫做智慧，打仗，不是單純的廝殺，靠的是智慧**！以後你會明白的。」

高飛伸手指了指身後的四輛馬車，對馬岱道：「你去霸陵，順便帶著這四輛馬車去，剩下的事情就交給我了，明天這個時候，我們霸陵見。」

馬岱扭頭看了看坐在馬車裡的楊婉，見楊婉點點頭，便道：「好，既然太子妃都相信你，那我沒什麼話可說了。不過，我不可能在霸陵等你們那麼長時間，因為我還要去漢中。」

高飛道：「難道你就不用等太子殿下一起前往嗎？」

「你……你說太子……你要帶太子一起去霸陵？」馬岱不敢相信地望了一眼高飛身邊的人，咋舌道：「就你們這幾百人？」

高飛笑道：「**往往力挽狂瀾的，都是少數人**，太子殿下現在應該是身陷重重包圍之中吧？」

「長安城內已經亂作一團，到底戰況如何，我也不知道，但是以太子的武力，縱使身陷萬軍之中，也能馳騁而出。如果你真能把太子帶到霸陵，我就姑且等你半天。此地不久留，我先走了。」

馬岱朝高飛拱拱手，表示了感謝之意，便帶著馬車走了。

劉宇和幾名師弟趕著馬車，帶著司馬懿、劉宇的家人，隨同馬岱一同前往霸陵，沿著大路奔馳而去。

高飛轉身看了眼祝公道、祝公平等二百餘人，當即吩咐道：「此處是通往霸陵的必經之路，大家分散道路兩旁埋伏，若遇到叛軍，全部予以誅殺，我去引導長安百姓從此處通過。」

祝公道指著堵在路口正和叛軍羌騎激戰的王雙，問道：「主人，那個人要不要救下來？」

高飛放眼看去，但見王雙血透戰甲，身邊幾十騎兵人人帶傷，王雙的背上更是插著好幾支箭矢，見他們英勇不屈的繼續和羌騎廝殺，對他的崇敬感不禁油然而生。

「王雙也是一員猛將，負傷戰鬥猶能酣鬥至此，不可小覷。為了保護馬岱等人，他甘願殿後，這種軍人氣質，值得尊敬……」

高飛轉臉對祝公平道：「救下王雙的事，就拜託祝莊主了，你那十名家奴既然能夠抵擋得住許褚、夏侯惇、夏侯淵他們，這些羌人根本不在話下，有勞了！」

祝公平點點頭，抱拳道：「唐公放心，有他們十個人在，必然萬無一失。」

話音一落，祝公平將手一招，十名家奴紛紛抽出了長劍，向著王雙那邊疾速跳躍而去，那矯健敏捷的身手，遠遠超過祝公平的眾位徒弟。

高飛對眾人道：「散開道路兩邊，用亂石堵塞道路！」

劉宇的那一百名部下，加上祝公平的徒眾，共一百九十多人，迅速分散開來，從道路兩旁弄來亂石丟在道路中央。

高飛則對祝公道、祝公平說道：「你們和我一起去長安城的東門！」

「諾！」

王雙還在奮力拼殺，但漸漸感到自己的力氣越來越少，身上的疼痛也越來越劇痛，不禁開始大口喘氣，刀法漸亂。

羌人中的渠帥看到這樣一幕，登時興奮不已，重新喚來一百名弓箭手，朝著王雙駐守的路口開始射擊。

「嗖！嗖！嗖……」

凌厲的箭矢從王雙的身邊掠過，「噗、噗、噗」的聲音不斷地在耳邊響起，緊接著便是身邊士兵慘痛的叫聲，他砍翻一個人，左右巡視了一番，只剩下十三騎，羌人的騎兵卻蜂擁而至。

「將軍速退，我等抵擋在此！」王雙部下士兵大叫道。

「我乃堂堂的大秦將軍，保家衛國，平定反叛，責無旁貸，爾等休要多言，留此身軀偷生於世，不如戰死沙場！兒郎們，給我殺！」王雙怒道。

「為大秦國而戰！為大秦國而死！」

十三名騎兵和王雙前後併作三排，五名騎兵並排剛好擋住路口，同時喊出了振奮人心的口號。

忽然，道路兩旁的陡坡上，各自出現了五名劍客，劍客們飛簷走壁迅疾而出，直接落在王雙等人的前面，十柄長劍寒光閃閃，一番舞動之後，前來攻擊王雙的羌騎紛紛墜馬身亡，各個皆是一劍封喉。

「王將軍，請速速退卻，涼王還需要你的保護，沿著大路去霸陵吧！」一個劍客背對著王雙，朗聲道。

王雙正驚詫哪裡來的劍客，卻見羌人騎兵圍了上來，而在他面前的十名劍客迅疾的站在不同的方位，組成了一個劍陣，一動皆動，十名劍客所舞動的劍招讓人眼花繚亂，面對羌騎，一番上躥下跳之後，一撥騎兵盡皆落下戰馬。

「王將軍，不要遲疑，這裡交給我們，請速去霸陵會和！」

王雙見這十名劍客組成的劍陣非常精妙，劍光閃閃，映著落日的餘暉，十名劍客彷彿是一體而生，配合得相當默契，即使有羌人的弓箭射來，也被他們密集的劍網給剁落。

他也不再問了，既然有人肯幫自己，自然調轉馬頭，大聲喊道：「撤！」

十三名騎兵聽到命令，和王雙一起調轉馬頭，向後撤去。

走了不到兩里，便見附近有二百人在忙碌著，將石頭搬到大路中央。王雙看到有些是城門守軍，有些是劍客，整個人糊塗了，**這些人到底是誰的部下，在這個節骨眼上居然肯幫忙。**

「你們是誰的部下？」王雙奔到路邊，詢問道。

「我們現在歸唐公調遣！」有人答道。

「唐公？」

王雙不知道唐公就是高飛，在他的印象中，長安城中似乎並沒有這一號人物，來不及多想，策馬向霸陵方向奔去，同時大聲喊道：「替我謝過唐公！」

十名劍客結成劍陣堵住路口，殺死不少羌人騎兵，羌人的渠帥看到這一幕，也是惱羞成怒，可是見到那十名劍客在短時間內就殺死了一百多個衝上去的騎兵，不禁對這十名劍客的武力感到震驚。

渠帥見王雙遠去，自己又突破不了這路口，轉頭看見長安東城門那裡湧出來了許多長安百姓，百姓們大包小包的迤邐而行，爭先恐後的出城，有人不小心倒在地上，從包袱裡面灑出一片金銀珠寶來。

他見到後，眼裡冒出精光，不禁起了搶掠財物的心思，當即喊道：「跟我來！」於是，眾多羌騎跟隨著渠帥策馬向長安城的東城門而去。

十名劍客壓力驟減，看到羌騎退卻，並不追趕，只守在這裡，靜觀其變。

長安城的東門那裡，城內百姓拖家帶口的跑了出來，城內已經亂作了一團。

高飛、祝公道、祝公平三個人很快便趕到了城門邊，開始引導百姓向霸陵方向撤退，正聲嘶力竭地喊著的時候，突然聽到了滾滾的馬蹄聲，扭頭看見六千多羌人騎兵在渠帥的帶領下朝這邊奔馳而來。

「糟了，羌人恐怕是要前來搶劫財物了，這幫沒有人性的異族，必然會大開殺戒！」高飛看到之後，心中一驚，他對羌人的習性較為瞭解，這是一個一叛再叛，反覆無常的民族，只要有好處，他們拼了命也要搶到。

祝公道、祝公平也都是一驚，那麼多騎兵，他們就三個人，有道是雙拳難敵四手，再怎麼厲害，三個人也不可能將這麼多人殺完，當即同時問道：「現在該怎麼辦？」

高飛凝視了一眼衝在最前面的羌人渠帥，心中一稟，當即道：「你們兩個人掩護我，擒賊擒王，抓住領頭的渠帥，要脅他們退兵！」

「萬一他們不聽呢？」祝公平問道。

「再另想他法，現在也只有此法可行了，試一試吧！」高飛道。

商議完畢，三個人各自抽出手中的長劍，遠離城門，並排仗劍而立，擋在了百姓的側面。

「羌人來了，快跑啊！」

本來就已經混亂不堪的百姓隊伍，此時見到六千多羌騎蜂擁而至，登時變得更加混亂，爭先恐後的向前方跑，人擠人，人踩人，一時間，五六百無辜的百姓被踩死在長安城的東門邊。

孩子的哭聲，大人的慘叫聲，女人的尖叫聲，一時間全部融匯在了一起，共同演奏出一個悲壯而又淒涼的亂世樂章。

但是，滾滾而來的馬蹄聲將這亂世的樂章完全掩蓋住了，整個地面開始顫抖起來，羌騎突然一分為三，一路向側面衝了過去，企圖攔截住逃亡百姓的去路，一路則朝中間直插，另外一路在渠帥的帶領下直撲城門，想堵住城門，截住這股逃亡的百姓洪流。

高飛、祝公道、祝公平站在那裡，面對眾多騎兵快速衝擊而來，每個人都將心提到了嗓子眼，也都緊張萬分，稍有不慎，就有可能被衝過來的馬匹給撞死，即使能躲得過一匹，如果不能掌握好尺度，奪下一匹戰馬的話，也會被後面衝過來的戰馬給踐踏而死。

此時此刻，空氣彷彿凝結在了一起，高飛明顯的能夠感受到自己的心跳，他還是第一次面對這樣的事情，第一次以三人之力面對這麼多人，以往最危險的時候，手中也有百餘人可以禦敵，可是現在，他只有三個人。

「拼了！」高飛大喝一聲，第一個衝了過去。

祝公道、祝公平則緊緊跟隨，護在高飛左右兩翼，目標直指羌人的渠帥！

羌騎的渠帥一馬當先，看到三個人提著長劍從地面上奔馳而來，嘴角邊露出了一絲笑容，說道：「不自量力，看我不撞死你們！」

渠帥帶著自信的笑容，一手握著馬刀，一手持著長槍，雙腿夾緊馬肚，大喝一聲，越跑越快，朝著高飛、祝公道、祝公平三個人衝撞了過去。

按照他的想法，是利用馬匹的急速衝撞力撞死中間的，然後利用長槍、馬刀殺死兩邊的。

不過，他的如意算盤卻沒有打好。不等他快速衝到，三人突然同時騰空躍起，高飛張開雙臂直撲渠帥，祝公道、祝公平則長劍揮砍而出，直取渠帥的左右兩臂。

渠帥見到這一幕，驚為天人，怎麼會有人有這麼驚人的彈跳力?! **他不知道，人在危機之時，往往自身的潛能是無限的。**

電光石火間，祝公道、祝公平長劍刺傷了渠帥的左右手，高飛直接撲向渠帥，一把將渠帥牢牢抱住，用頭猛地撞向渠帥，直接將渠帥撞得懵了過去。

「啊……好痛！」

渠帥被高飛用頭撞了一下，只覺得頭疼欲裂，眼冒金星，幾欲昏厥，而且自己的身體還被高飛緊緊地抱著，勒得緊緊的，讓他差點喘不過氣來。

高飛也是一陣頭疼，額頭上出現了一處淤青，但是沒辦法，又不能殺掉他，要是殺掉他，就無法對其餘羌人的騎兵進行約束了，而且自己唯一能用的武器就是頭部了。

力是相互作用的，只是高飛是發力者，渠帥是受力者，往往受力者所承受的痛苦是發力者的十倍，甚至是百倍。不信的話，你讓別人用力抽你一巴掌，你的反作用力絕對影響不到他的手掌，最多微微有些發麻，不會有你那種火辣辣的疼痛。

高飛控制住了渠帥，趁著渠帥一陣頭昏，便踩著馬背轉了一下身子，直接從後面抱住了渠帥，長劍也順勢架在渠帥的脖子上，一手奪過馬韁，勒住馬匹，對渠帥道：「別動，動一動，割破你的喉嚨。」

祝公道、祝公平兩個人一經落地，憑藉著敏捷的身手，跳開羌人騎兵的衝擊，同時借助自身的優勢，各自奪下一匹戰馬，就在羌騎中間長劍飛舞，連連刺死周圍的幾名羌騎。

「都停下！再前進一步，就讓你們的渠帥血濺當場！」高飛挾持渠帥，朗聲吼道。

「都停下！都停下！沒我的吩咐，誰也別過來！」渠帥被長劍架在脖子上，頓時失去之前的底氣，緊張地喊道。

奔跑在最前面的羌騎面對渠帥的吩咐，都急忙勒住馬匹，可是後面的壓根沒有聽清，正在急速奔跑中，突然看見前面的人馬停了下來，一時間勒不住馬匹，硬生生直接撞了上去。結果，後面出現連鎖反應，兩千多羌騎，有一千八百多人被撞得人仰馬翻，哀聲遍野。

祝公道、祝公平急忙從羌騎中奪路而出，來到高飛的身邊。

高飛對被控制住的渠帥說道：「讓你的人都退下，不可侵犯這裡的百姓，否則我要了你的命！」

「是是是……只要不殺我，讓我幹什麼都成。」渠帥很識相地說道。

羌人應該是武勇，不怕死的，可是不管什麼民族，不管是哪個國家，都有怕死的。慶幸的是，這個渠帥就是個怕死的。

「吩咐你另外兩路的部下也退下，退到那座山的後面去。」高飛指了指長安城南門外的一座高山。

渠帥狐疑道：「你不會殺我吧？」

「如果要殺你早殺了，何必留到現在？快吩咐你的人！」高飛怒道。

「是是是……」

渠帥當即朗聲衝著部下喊道：「全部給我退下，都退到山的那邊去！」

不一會兒，前去堵截長安逃亡百姓的兩路羌騎紛紛退卻，這撥人倒是很聽渠帥的話，沒有公然和渠帥撕破臉，然後自立為渠帥。這種事在羌人當中其實是常有的，今天算高飛趕上了好運氣。

羌騎開始退卻，遠遠地站在長安城外，但就是不進山，只站在那裡等候他們的渠帥。

渠帥開始跟高飛討價還價，道：「你不放我，他們不會退的，你還是放了我吧，我保證不再來了……」

「呵呵，你看我像傻子嗎？」高飛冷笑道。

「不像。」渠帥扭頭看了高飛一眼。

高飛道：「那就是了，我放了你，你再反過來攻我，以為我傻子啊？」

渠帥無奈，道：「那要怎麼樣你才肯放了我？」

「等我到了安全的地方，自然會放了你。」高飛話音一落，扭頭對祝公道、祝公平說道：「趁現在繼續組織人往霸陵方向退卻。」

「諾！」

逃難的百姓一時虛驚，看見羌人就在不遠處虎視眈眈的，都心有餘悸，擔心羌人會再次衝過來，於是走起路來也加快了許多。

此時夕陽西下，暮色四合，長安城中的百姓不斷的從城中湧出，一眼望去，看不到頭。

高飛跳下馬，將渠帥拉了下來，詢問了一些百姓城中狀況，得知秦軍正和叛軍在城西激戰，小小一隅，卻有數萬人進行大混戰，血染大地，屍體遍野。

天色將黑，高飛突然看見一個金髮碧眼的人從城中走了出來，眼前登時一亮，那個人穿著不倫不類的，胸前戴著十字架，一隻手一直在胸前不停地禱告。

「怎麼有個洋鬼子？」高飛看到那個人後，心中疑竇大起，急忙將渠帥交給祝公道，自己迎了上去。

高飛直接攔住了那個人的去路，聽那個人嘴裡說著嘰哩咕嚕的話語，這種語言似乎是義大利語，看到那個人左手緊握十字架，心想是信奉耶穌的，他想了想，當即道：「哈利路亞！」

那個人聽後，心中一震，望了高飛一眼，也說了一句「哈利路亞」，緊接著便是一句嘰哩咕嚕的話語。

高飛聽不懂，可惜這洋鬼子說的不是英文，而且英文在這個時代也不是通用的，甚至英吉利還不存在。

他搖了搖頭，比劃了幾下，然後說道：「我聽不懂你說的，你從哪裡來？」

那個人「啊」了一下，急忙用不太純熟的漢話說道：「我叫安尼塔‧派特里奇，來自偉大的羅馬帝國。」

「羅馬帝國？你來自羅馬帝國？」高飛眼裡冒出了精光，臉上一陣欣喜。

「是的，我來自羅馬帝國，你聽說過羅馬帝國？」安尼塔也是眼前一亮，問道。

「很熟悉。你是神父？」

「不不不……我是羅馬帝國的第十六軍團的元帥，是奉我們偉大的皇帝陛下的命令出使大漢的，後來一路上遇到了種種困難，就剩下我一個人了，流落到了秦國，不想今天又遭此磨難……」

「跟我走吧，我會給你安排好一個很好的未來……」高飛當即說道。

「你是……」

「我是華夏國的皇帝……」

「哦，尊貴的皇帝陛下，安尼塔‧派特里奇向你行禮！」說著，便向著高飛大行跪拜之禮。

高飛急忙攙扶起安尼塔，說道：「行了，你跟隨著這個隊伍去霸陵吧，明天的這個時候我會去霸陵，到時候你和我一起回國。」

「好的，長安亂成這個樣子，我也不想待了，我想去東方看看。」

高飛送走安尼塔，又給了他一匹馬，讓他騎著馬去霸陵。

天色越來越黑，可是難民潮卻越來越多，一直不停向外湧出，一眼望不到邊。

高飛忙活了一陣，轉身看了羌人渠帥一眼，問道：「我問你，馬超號稱羌人心中的神威天將軍，在羌人心中頗有名望，為什麼你們羌人居然敢反叛他？」

渠帥道：「這是我們大王的意思，與我們無關，我們不敢和天將軍交戰，私下都傳開了，遇到天將軍就避讓，交給一個叫許褚的人去對付。」

「你是哪個部落的？參狼？白馬還是燒當？」

「我是燒當羌的。」

「這次你們一共出動了多少騎兵？」高飛追問道。

「在長安周圍的一共六萬，其餘的十餘萬還在來的路上，預計明天能到。」

高飛開始擔心起馬超等人的安危，但是這個時候他也不能進城，一旦進城，他就出不來了，**馬騰、馬超的生死，只能聽天由命了。**

「主人，這樣下去，難民源源不斷，何時是個盡頭！萬一秦軍在城中全軍覆沒了，叛軍全部撲向了這裡，只怕難以抵擋。」祝公道擔心地說道：「不如先行退卻，再做打算。」

高飛看著這些百姓，搖搖頭道：「這些人都是無辜的，現在兩軍都在城西激戰，一時間抽不開身子，城東這邊暫時安全，等天明了再說吧。」

祝公道不再說話了。

高飛突然想起什麼，扭頭對祝公道說道：「以你的身手，不知道能否在萬軍之中把人給救出來？」

祝公道問道：「主人的意思是？」

「你去把馬超給救出來！」

祝公道凝思片刻，還沒有開口，便聽祝公平說道：「還是我去吧，前者公道大哥身分暴露，馬超對其有敵意，他們沒見過我，我去正好。」

高飛道：「告訴馬超往霸陵方向退即可，只需引導他撤退，如果真的無法帶出，也不要勉強。」

祝公平點點頭道：「放心，我自有分寸。」

話音一落，祝公平趁著暮色朝城中而去。

「不知道他的身手和你比如何？」高飛扭頭對祝公道說道。

「不相上下。」

「如此最好，不能為了馬超，把他給害了。」

高飛的想法已經很明顯了，趁著這次馬超大敗，想把馬超給收服了，只是，他也沒有太大把握，畢竟漢中、武都兩地還有馬超的舊部，馬超是否會歸順，是個難題。

天色已經完全黑了下來，沒有月亮，像給死人穿的喪服，籠罩著整個長安城，空氣中充滿了令人作嘔的血腥味，殘缺的肢體隨地可見。

混戰仍在繼續，附近的民宅基本上都已經是滿目瘡痍，慘死在兩軍混戰之中的百姓更是多不勝數，到現在許多民房還冒著火光，在火光的映照下，馬騰被鮮血染透的金色戰甲與火光遙相呼應。

就連馬騰的座下戰馬也是鮮血淋淋，馬項上還拴著十幾顆人頭，都是馬騰斬殺的叛軍頭領。身邊御林軍護衛，馬騰在叛軍當中馳騁，如入無人之地。

他本來帶著御林軍去朱雀大街斬殺陳群、楊修的家族，哪知道剛走到一半，就遇到了曹操，當下混戰起來。曹操兵少，一路向西潰敗，馬騰窮追不捨，最後追到西門附近，與其子馬超合兵一處。

這時，西門的混戰尤為激烈，馬超憑藉著個人的武勇，單槍匹馬，幾次三番的將叛軍逼到了城門口，皆被叛軍弓弩射回。

殘餘叛亂的羌人騎兵對馬超尤為發怵，不敢直接攻擊，看見馬超前來就退，給叛軍帶來了一個不小的麻煩。

最後，在曹仁的指揮下，用新招募的漢兵去抵擋馬超，只圍不攻，竟然牢牢地將馬超控制在了一個範圍內，羌人騎兵這才得以施展開來，朝著馬超的部下殺去。

後來，侯選、楊秋、程銀帶兵殺到，他們本是叛軍部眾，可是卻反過來攻擊叛軍，一時間秦軍在兵力上占據了優勢地位，反倒是將叛軍給逼到了城外。

然而，好景不長，螳螂捕蟬黃雀在後，從東門、南門湧進來的羌騎突然從眾人背後殺出，給侯選、楊秋、程銀來了個措手不及。

侯選、楊秋、程銀三個人的部下盡皆懶散慣了，突然遭受到一陣猛攻，竟然士氣大落，連戰連退。三個人見勢不妙，又再次倒戈相向，反叛馬騰、馬超。

馬騰正帶兵和曹操激戰，馬超的部下較少，自己又被曹仁用鐵盾陣給圍困住，一時衝突不出，而部下此時突然遭受到侯選、楊秋、程銀的倒戈，直接致使馬騰、馬超陷入陷阱。幾千御林軍被三四萬人團團圍住，一時間死傷無數。

馬超見狀，奮力衝出了鐵盾陣，撲捉到參狼羌的羌王所在，策馬狂奔，擒賊擒王，收起一槍，便刺死了參狼羌的羌王。

攻打西門的羌兵大多是參狼羌的部眾，羌王一死，見馬超神威猶在，對天將軍甚是畏懼，竟然不戰自退，反倒使得馬超扳回一局。

御林軍士氣大振，奮勇拼殺，馬騰也是一鼓作氣，帶著御林軍將曹操給圍了起來，若不是許褚、夏侯惇、夏侯淵及時趕到，救走曹操，馬騰還真把曹操給幹掉了。

曹操退後，叛軍勢頭減弱，御林軍是秦軍裝備最完善的一支軍隊，士兵都是精挑細選的，所以戰鬥力極強，加上又是巷戰，騎兵在這裡反倒不易發揮，這也使得御林軍的戰鬥力加倍增長。

侯選、楊秋、程銀見勢不妙，再次反水。

如此反覆三次反叛，確實也是難得。不過，這一次反叛倒是沒有起到作用，由於天黑，混戰不明，叛軍也好，御林軍也罷，一起圍攻，竟將三人的兵馬堵在了中間，殺得片甲不留，連侯選、楊秋、程銀三將也死在亂軍之中。

夜色逐漸深沉，戰鬥也逐漸平息，兩軍交戰幾個時辰，都已經疲憊不堪，馬騰、馬超合兵一處，聚集在一起，用御林軍死守街巷要道，而叛軍則守在城門口，和馬騰、馬超等人形成對峙。

「父皇，你沒事吧？」

馬超映著火光，脫去了一身重甲，看到馬騰也是被鮮血染透，關切地問道。

馬騰搖搖頭道：「沒事，就是好久不打仗，力氣有點跟不上了。」

馬超道：「父皇，我們待這些人不薄，為什麼他們要反叛我們，兒臣想不通！」

「樹大招風，**怪只怪我們信錯了人**，如果一開始就鐵腕統治的話，對陳群、楊彪等人斬草除根，或許就不會招致這樣的結果。更主要的是，**你擅自收留了曹操**，當時朕並不同意，是你覺得可以利用，硬要留下他，**結果種下了今天的禍根**。」馬騰埋怨道。

這個兒子，打仗一流，可是要起政治手段來，卻是一點不行。

馬超怒道：「父皇放心，我會親手宰了曹操的，這個忘恩負義的狗賊！」

「長安城內一共七支兵馬，六支在兵營，每支五千人，另外一支是御林軍，現在看來，除了御林軍外，其餘的人馬都不能相信。羌人易叛，雖然不知道曹操是怎麼拉攏羌人的，但是比起曹操，我們更熟悉羌人。這次叛軍的主力就是羌人，如果能夠重新讓羌人支持我們，就能扭轉戰局！」馬騰分析道。

馬超點點頭道：「除了參狼羌外，我還看到了燒當羌的人，那良也參與了，只要我殺了那良，燒當羌自然會瓦解。暫且歇息一下，一會兒再戰，我帶一支輕騎衝出城外，到時候父皇和我裡應外合，前後夾擊，叛軍必然瓦解。」

馬騰抬頭望著黑色的夜空，重重地嘆了口氣。要怪只能怪他自己，如果他一心把這個皇帝當下去，也許就不會出現這種結果，然而事情已經到了這種地步，也只能走一步算一步了。

「父皇，如果……兒臣是說如果……如果我們真的不能戰勝叛軍，請父皇帶人先離開長安，去漢中，索緒在漢中駐守，他必然不會反叛我們的。」

「事在人為，我們雖然兵少，但占據長安地勢，羌人雖叛，但只要你一出現，羌人還是驚慌失措，可以說我們還是能夠扭轉戰局的。」馬騰聽到馬超的話後，鼓舞他道。

馬超其實已經想好了退路，對他來說，長安即使丟了，也可以重新奪回來，但是馬騰卻不是這樣想，在馬騰的腦子裡，他覺得一旦長安被叛軍占領，就等於失去了先機，長安乃帝都，絕對不能丟。

兩人正在商量的時候，忽然一道身影從人群中閃了出來，落在馬騰、馬超的身邊。

突然出現了一個陌生人，馬騰、馬超以及周邊的御林軍都緊張萬分，登時將兵器對準了那個人。

那個人看了以後，笑道：「在下祝公平，是前來給陛下和太子殿下指條明路的。」

馬超聽後，急忙問道：「祝公道是你什麼人？」

「義兄！」

「那你來幹什麼？」

「救你們出去！」

「哼！何用你救，我軍正處於上風，一會兒便可以將叛軍擊敗！」馬超自負道。

祝公平道：「再這樣激戰下去，只怕……」

「滾！少在這裡廢話！」馬超打斷了祝公平的話。

祝公平道：「我來想告訴你們一聲，涼王和太子妃他們並沒有順利的從南門去漢中，而是去了霸陵，因為南門已經被叛軍切斷了退路。另外，王雙將軍身負重傷，也無力再戰，他們一行人都去了霸陵，受到我的主人保護。」

「你的主人是誰？」馬騰皺眉問。

「呵呵，就是我的主人嘍。最後，我再告訴你們一個消息，還有二十萬羌騎正在來的路上，預計明天一早就會趕到。就你們這些人，只怕很難抵擋，奉勸你們一句，還是及早撤離得好。東門是完全打開的，目前沒有什麼危險，如果要退的話，就請從東門退走。」

馬騰心想：「看來這次叛軍是想連根拔起，斬草除根啊！」

馬超哼了聲道：「怕什麼，羌人都怕我，有何畏懼的？我不殺你，回去告訴你主人，要是敢動涼王和太子妃一根汗毛，我絕饒不了他！」

祝公平搖搖頭道：「你真是固執，既然如此，那我就告辭了。」

話音一落，祝公平便走了，心想：「看來他們是凶多吉少了，得儘快回去稟告唐公才行……」

馬騰聽出馬超的話，看來馬超似乎知道祝公平的主人是誰，當即問道：「孟起，你認識那個人的主人？」

「嗯！」馬超也不否認，道：「父皇，你再休息一下，等會兒我讓人護送你離開這裡……」

「我不走！要走的應該是你！朕是一國之君，豈能就此離開？」

「可是……」

「就這樣定了，你也別說了，再休息片刻，一會兒試圖衝破看看，要給叛軍致命一擊！」馬騰自信的說道。

馬超心道：「希望一會兒別遇到那個虎癡，不然的話，有他纏著，肯定壞事！」

長安城西門外。

曹操、陳群、楊修、那良等叛軍首領在城外搭建了一個臨時的大帳，本來計畫得天衣無縫，可惜因為高飛的出現破壞了整個計畫，死了那麼多的人不說，直到現在還沒有拿下長安。

對他們來說，拖得越久，就越危險，因為叛軍內部的士氣很低落，能取得如此成績，已經是很不錯了。

曹操擺了一個長安城的模型，對眾人說道：「馬騰、馬超在這裡，我們在這裡，西門已經成為一處煉獄。侯選、楊秋、程銀的反叛是我們沒有預料到的，給我們的行動造成了不小的損失，從現在開始，一切都要聽我指揮！」

眾人面面相覷，心中各懷鬼胎，眼神中出現了極大的不信任。

「不行！我們說好了是合作關係，大家共同的目標是斬馬，現在讓我們都聽你的，憑什麼？」

那良第一個站了出來，公然反對道。

那良的公然反對，說出了在場所有參與斬馬行動的人的心聲。

以司空陳群為例，他現在甚至後悔參與了這個所謂的「斬馬」行動，本來秘而不宣的「斬馬」行動，只需在一夜之間攻入皇宮奪取大權即可，可現在弄得長安城內雞犬不寧，無辜的百姓更是死傷無數。

「斬馬」之後，誰是真正的獲益者？他陳群已經位極人臣，楊彪、楊修不可能有取代馬騰、馬超的能力，羌人更加不可以，其餘為了某種目的參與「斬馬」的富紳、文武官員，也都不過是跳梁小丑，在這種情況下，大家需要一個人站出來，作為中流砥柱，掃平一切障礙，重新接管朝廷。

很顯然，這個受益者便落在了曹操的頭上。

被人稱為「治世之能臣，亂世之奸雄」的曹操，又是昔日魏王，論謀略，論武勇，都超越眾人之上，何況他的手下更是人才濟濟。可是，曹操掌握大權之後，還是否會像馬超那樣對待自己？

陳群心中疑惑重重，事情已經到了這個地步，也已經無法挽回了。他看到了

事情發展的結果，如果斬馬無疾而終，以馬超的個性，很可能會將所有參與叛亂
的人滿門抄斬，那麼他陳家就無法存續了。

他看了一眼楊修，這個自己的至交，如果不是他在中間來回走動，他現在還
是秦國的司空，還是那個一手獨攬政務的陳群，馬氏對他的信賴遠遠大過了對於
楊氏的信賴，可惜他輕信了楊修的話，沒有站穩立場，傾向了叛軍這邊。

站在一邊的楊修似乎看出了陳群內心的翻動，向陳群這邊挪了挪，輕聲道：
「長文，已經到了這個地步，只有逆流而上了，不進則退，一旦退卻，受難的將
是整個家族。魏侯雄才大略，才是當世之英雄，他不為主，何人能有此能力?!」

陳群是個忠厚老實的人，對什麼事情都是持著「中庸」二字，凡事不能太
過，是他的行事基準，所以他一直反對誅殺馬騰、馬超等人。

**他不知道自己為什麼會輕信楊修的話，掉進了這個黑洞當中。直到此時此
刻，他才恍然大悟，楊修的用心很是陰險，這才是真正的借刀殺人。**

試想，一旦曹操掌握大權，在整個斬馬行動中，楊修的作用遠遠高過了任何
一個人，因為是他憑藉著三寸不爛之舌說服了參狼羌、白馬羌的羌王，也是他成
功說服了侯選、楊秋、程銀等秦國不少的文武官員，又是他在中間擔任著聯絡
人，調和各個不同勢力間的矛盾和不和；更是他，一心想將曹操扶上大位。這樣

一來，楊修功不可沒，曹操上臺，楊家必然會以無可磨滅的功勞一舉成為倍受寵信的大臣，正如馬超信任陳群一樣。

陳群嘆了口氣，心裡悔不當初，想道：「原來我一直在被利用……」

楊修的臉上露出一絲邪惡的笑容，聽完羌王那良的話後，當即站出來道：「魏侯雄才大略，手下人才濟濟，如果以他為主，則大事可定。」

眾人心裡都明白，這個時候，確定以誰為主，誰就可能成為斬馬行動成功後的實際權力掌控者。每個人心裡都懷著各自的打算，大家面面相覷，誰也沒說話。

「娘希匹的！為了這次行動，我西羌發兵二十餘萬騎，他曹操憑什麼為主？應該我為主！曹孟德，你說是不是？」那良叫囂起來。

曹操和那良曾經義結金蘭，這件事很少有人知道。不過，當時曹操也是為了削弱馬超而已，**切斷羌人的支持，就等於馬超斷了一臂，將這條臂膀裝在自己的身上，則是如虎添翼。**

他聽了那良的抗議後，呵呵笑道：「大王不必發怒，這件事，你的功勞大家都是心照不宣，即使你不說，人人也知道你西羌王那良是兵多將廣。不過，羌人一旦遇到馬超，盡皆畏懼，不戰自退，還不是要我們漢人上？再說，我有虎癡可以斬殺馬超，你能斬殺馬超嗎？」

那良氣得火冒三丈，當時結拜時曾經說得好好的，一旦成功，他便可以取代馬超，成為皇帝，現在曹操突然又冒出來跟自己搶，他哪裡願意。

他氣得吹鬍子瞪眼，指著曹操的鼻子說道：「曹孟德，當時結拜的時候你是怎麼說的？你現在難道想反悔不成？如果你們不同意我為主，那我就不幹了，大不了我自個帶著人去『斬馬』，反正我兵多，圍也能將馬超圍死。」

話音一落，那良轉身要走。

曹操對許褚使了個眼色，許褚會意，虎軀一動，登時堵住大帳的門口，雙臂張開，大聲喝道：「沒有我主公命令，任何人都休想走出這裡！」

那良見到許褚，一陣驚詫，問道：「你……你想幹什麼？我是羌王！」

「就是皇帝也休想從這裡走出去！」許褚咆哮道。

「來人啊！來人啊！」

那良親眼見過許褚和馬超打鬥，這傢伙和馬超不相上下，他是不可能打得過許褚的，當即衝著大帳外面大聲叫道。

可是，話音猶如石沉大海，他忽然想起來，大帳外面都是曹操的部下，他來的時候忘記帶人了。

「那良老弟，別那麼急嘛，咱們坐下來好好說。」曹操從後面走了過來，一把攬住那良的肩膀，笑吟吟地說道。

那良這時注意到，大帳內，夏侯惇、夏侯淵、曹仁、曹洪、曹休、曹真六將俱皆面帶怒色，手緊緊地按住兵刃。他心裡咯登了一下，好漢不吃眼前虧，只好硬著頭皮坐了下來。

第十章

殺人誅心

曹操曾經見過索緒這個人，索緒給他也留下了深刻的印象，聽說索緒幾次三番勸說馬超被拒的事情，深感索緒是個行軍打仗的人才，所以也有心想收服此人，這才問道。

「殺人誅心！」陳群想了半天，才說出了這四個字。

曹操安撫了那良之後，轉身環視在場的眾人，說道：「從現在起，我曹操一個人說了算，你們只需聽我的就可以了。有什麼事情，讓傳令兵去傳話，沒有我的吩咐，誰也別想走出這裡。」

眾人直到現在才明白，**這下可謂引狼入室了**。除了楊修以外，其餘的人都面帶憂色。

楊修當即插話道：「大家不要誤會，魏侯不是那個意思。魏侯是擔心眾人的安全，馬超勇猛，部下的御林軍又是最為精銳的一支軍隊，武器裝備都十分的精良，萬一他們衝出來了，有這些武力過人的將軍在，肯定能保護你們的。」

曹操點點頭道：「我就是這個意思。不過，與其眾人拿不定注意，不如現在統統聽一個人的，我向大家保證，今夜破敵，將馬氏全部誅殺，以絕後患！」

楊修第一個振臂高呼道：「魏侯威武！」

「魏侯威武！」

迫於壓力，過了片刻功夫，才有人跟著喊了起來。聲音一點氣勢都沒有，喊得是那麼的不情願。

「大聲點！我聽不見！」曹操臉色一沉，目中射出兩道寒光，掃視眾人道。

眾人這才加大了些分貝，喊道：「魏侯威武！」

陳群一個勁地嘆氣，不停地搖頭，坐在那裡目光呆滯，心中極為難受。

那良也氣憤塞胸，喘著粗氣，目光凶戾的瞪著曹操。

曹操看見陳群和那良的表現，也不理睬，陳群已經失勢，那良又被控制著，只要在自己手中，他想幹什麼就幹什麼。

他朗聲道：「大家先休息片刻，我去去就回。」說罷，曹操當即轉身離開了大帳。

楊修急忙跟了過去，卻被許褚攔住，楊修急道：「魏侯！」

曹操扭頭見是楊修，示意許褚放楊修出來。

楊修來到曹操面前，道：「魏侯，可否借一步說話？」

曹操將楊修帶到一個空地上，說道：「有什麼話，就在這裡說吧。」

楊修道：「魏侯，你可別忘記我們的約定啊！」

曹操點了點頭，道：「放心，只要我控制大權之後，你楊家的地位必然會成為全國首屈一指的。只是，即使占領了長安，武都的張繡、漢中的索緒仍在，他們若是不歸順，只怕鄰國會乘虛而入。」

楊修道：「這個魏侯儘管放心，我自有妙計，我已經讓人去武都和漢中了，假傳聖旨，召見張繡、索緒到長安來，如果今夜能順利拿下長安，不到兩天功夫，張繡、索緒必然會到長安，到時候在路邊埋伏，伏擊二人，只要他們兩個人一死，武都、漢中群龍無首，只需任意指派一將去上任即可。如今通往兩地的道路都已經封閉，消息絕難傳出，魏侯只需利用這時間差，就可以一躍成為整個秦國之主！」

「不！是魏國！」

楊修陰笑道：「對對，是魏國！」

曹操拍了拍楊修的肩膀，讚許道：「你小小年紀就如此聰明，不僅將陳群拖下水，還助我完成復國大業，這份功勞實在是太大了，我都不知道該怎麼賞賜你了。」

「無須多賞，只需讓我楊氏恢復昔日地位即可，我楊氏四世三公，雖然我父親位極人臣，卻只是一個虛銜，只要魏侯善待我楊家，楊氏必然會傾全力輔佐魏侯。」

曹操看著楊修，眼裡迸出一絲奇異的光芒，轉瞬即逝。

他遙望戰火瀰漫的長安城，心中已經有了計策，當即道：「我已經有了破敵之策，我們進帳詳談。」

「是！」楊修應了一聲，跟著曹操一起重新進入大帳。

重新回到大帳後，曹操當仁不讓地開始發號施令，道：「馬騰、馬超父子只有幾千御林軍，城中其餘六支兵馬也在白天消亡殆盡，侯選、程銀、楊秋這三個反覆小人也得到了應有的下場。現在我們要做的，就是強攻長安城，務必在今夜拿下長安城。」

眾人都不吭聲，如今被控制著人身自由，他們哪裡還有心情去擔心長安城中的戰況，自己的死活還是一個問題呢。

曹操掃視了一下眾人，把他們當做是空氣，下令道：「妙才！」

夏侯淵聽到後，抱拳道：「末將在！」

「參狼羌羌王已死，但部眾還在，你去蠱惑一下其部眾，帶領他們繞到南門，從南門攻進去，告訴這些羌人，斬殺敵軍一個人，賞錢一萬！」曹操下令道。

夏侯淵得令後，轉身而出。

「元讓！」

夏侯惇抱拳應道：「在！」

「你去找白馬羌的羌王，和他一起從北門進攻長安。馬超有勇無謀，不知道守城門，這無疑給了我們一個契機，他今夜必敗！」

「諾！」夏侯惇亦是領命離去。

曹操接著道：「其餘人全部留守在此，半個時辰後，集中所有兵力，猛攻西門！」

曹仁、曹洪、曹休、曹真、許褚等人同時回答道：「諾！」

聲音落下，徐庶、荀彧、劉曄、滿寵出現在帳外，四個人站在那裡，目視裡面的情況，知道曹操已經奪得了控制權。

曹操走出大帳，對四人道：「都準備好了嗎？」

劉曄答道：「一切準備就緒，霹靂車可以隨時派上用場。」

曹操道：「很好，辛苦你了。元直，按照計畫行事吧。」

徐庶點點頭，轉身離去。

荀彧望了一眼帳內眾人，問道：「主公，這些人戰後如何處置？」

曹操道：「陳群堪用，其餘人全部誅殺！」

荀彧聽後，驚道：「楊修……也一起殺掉嗎？」

「此人太過奸猾，小小年紀就如此陰毒，留之無益。」

「可是……他畢竟是有功於主公之人，如此殺了，豈不是要寒了許多人的心？」

荀彧感到眼前的曹操似乎變了，變得不再是以前的那個曹操了，有點狠辣，不擇手段的味道。

滿寵也勸道：「主公，當此之時，若是殺了楊修，恐怕難以服眾，不如留著楊修，借機拉攏馬超舊部，等到日益穩定之後，再做處理不遲。」

曹操覺得滿寵說得有理，便道：「好吧。一會兒即將拉開大戰，幾位還是在後面觀戰即可。」

話音一落，曹操轉身去視察營地了。

荀彧見曹操走後，對滿寵說道：「伯寧，主公似乎變了一個人，你覺察到了嗎？」

滿寵亦有同感，道：「人是會變的，主公經歷了亡國之痛，雖然嘴上不說什麼，可是心裡確實難受，主公比任何一個人對魏國都充滿了希望，復國之路也是艱辛漫長的，主公會變成這個樣子，都是拜高飛所賜。希望有朝一日，主公能在這西北大地上，再次雄姿勃發的和高飛一較雌雄，那時，誰勝誰負，還是未知之數。文若兄，我們這些做臣子的，只要為主公多想想就是了。」

劉曄聽後，說道：「文若兄，大漢早已經亡了，如今的天下，是群雄並起的天下，誰有才能，誰才是天下之主。」

荀彧嘆了一口氣，搖了搖頭，什麼都沒說，轉身要走。

「文若兄，你去哪裡？」滿寵問道。

「我去找仲德……」

「不用去了，仲德帶著新招募的一千騎兵，已經被主公派回涼州了，準備安撫整個涼州。」滿寵道。

荀彧停下腳步，問道：「那我……」

「靜觀其變，有我所造霹靂車在，長安一夜之間，必然會被攻下。」劉曄信心十足的說道。

於是，三個人一起退到一處高崗上，帶著幾名護衛，站在高崗上眺望長安的夜空。

深夜，長安城短暫的寧靜過去了，戰鬥的序幕再次被拉開，只是，這一次叛軍的攻勢尤為猛烈，曹操指揮整個叛軍，兵分三路，分別從西門、南門、北門開始強攻只有幾千御林軍的馬騰、馬超父子。

叛軍在西門首先發起了進攻，這一次，曹操不再保留實力，讓許褚率領訓練已久的三百名死士當先開道，曹仁、曹洪帶領五百鐵盾兵結成陣形緊隨其後。

曹休率領五百鐵甲裹身的騎兵作為最後的王牌，守在等候在西門外。曹操更是親臨戰場指揮，完全撇開了羌人以自己這幾個月秘密招募的僅有的家底進行衝鋒。

大帳那邊，曹真帶著士兵將所有人都堵在了大帳裡，包括羌王那良。

徐庶借用那良的命令，讓羌人推動著十輛霹靂車在長安城的西門外排成一排，然後將一個個事先做好的易燃的球體放進了皮槽內，用火把點燃，然後借用霹靂車將那些火球拋進長安城內。

「轟！轟！轟！」

響聲不斷傳來，一團團火球照耀了整個夜空，從城牆外面躍過城牆，躍過了甕城，一顆顆的掉落在長安城中的街巷裡。

落地時，發出一聲聲巨響，火球頓時碎裂，一股股液體登時從火球中流出，灑在地上到處都是，火勢也開始向四處蔓延。

說也奇怪，霹靂車所射進去的火球剛好掉落在馬騰、馬超等人駐守的街巷內，登時房屋、地面都被大火焚燒了起來，火勢不斷地向四處蔓延，越來越大，使得整個街巷不能再待人了。

「退！快快向後撤退！」馬超見狀，急得大聲喝道。

火勢沖天，人馬驚慌，御林軍奮戰了一個下午，此時又沒有得到休息，當真是人困馬乏，只能不斷地向後撤退。

這時，許褚帶著三百死士，用水澆濕了全身，在這初春的夜晚，可謂是冰冷刺骨。

三百死士準備完畢，在許褚的一聲令下，便朝火堆裡衝了過去，很快便衝過火堆，抵達對面的空地上，而御林軍早已遠遠退出了差不多一百米。

許褚等人毫髮無損衝過來後，迅速散開在街巷當中。許褚吹響一聲口哨，哨音迅速傳到火牆那邊的城門邊。

西城門邊，曹仁、曹洪早已準備妥當，五百名手持鐵盾的士兵，每個人手中提著一桶水，開始向前方的道路潑水，火勢漸漸得到控制，地面上的火勢逐漸熄滅。

火勢一滅，曹仁、曹洪便向前推進，鐵盾護在前方，並肩而行，步步為營。

馬超扭頭對部下說道：「保護陛下從東門走，去霸陵！」

馬騰不願意走，當即怒道：「誰敢動朕？」

馬超知道其父性格固執，當即策馬來到了馬騰的身邊，說道：「父皇，留得青山在，不愁沒柴燒，你是一國之君，先去霸陵，再折道去漢中……」

「休要多言，長安帝都必須要守住，朕要與長安共存亡！來人啊，保護太子離開這裡！」馬騰大叫道。

御林軍肯定是聽馬騰的，當即有幾名校尉策馬來到馬超身邊，齊聲道：「我等願意保護太子殿下離開此地！」

馬超道：「我不走，保護父皇離開，我斷後！」

「孟起！」

馬騰突然拔出腰中佩劍，將長劍架在自己的脖子上，對馬超喊道，「為父老了，你還年輕，為父有你這個兒子已經很知足了，你走，快離開這裡，不然我就自刎在你的面前！」

馬超不敢妄動，眼淚從眼眶中流了出來，驚詫道：「父皇……」

「你快走！遲則生變！」

見馬騰以死相逼，馬超深知其父性格，擦拭了一下眼淚，狠狠地咬了下牙，無奈道：「父皇保重！」

話音一落，馬超調轉馬頭，只要了一百騎兵，便辭別其父。

馬騰見馬超走了，這才放下手中長劍，心中暗暗念道：「孟起，為父自從當了這個皇帝，就對大漢不起，為父一身罪孽，又使長安百姓遭受此等劫難，難以償還，恐難立足於天地之間。好好照顧你的弟弟妹妹，以後等你有實力了，再替為父報仇！」

他強忍住淚水，對六千御林軍喊話道：「大秦的將士們，朕將帶領你們將這些叛軍全部誅殺，都給我打起精神，願意與長安共存亡的留下，不願意的，現在就往東門方向去，去保護你們的太子殿下，他日再來為朕復仇！」

「為大秦國而戰，為大秦國而死，我等願意與長安共存亡！」

六千御林軍盡皆馬騰舊部，也是馬騰這幾年在涼州培養的健兒，與馬騰情誼深長，立即喊出自己的心聲。

喊聲震天，響徹天地，直衝入夜空當中，在空氣中迴盪。

馬騰見許褚等人逼近，聽到南、北兩個方向都傳來馬蹄聲，知道自己已經被團團包圍了，當即縱馬挺槍，躍向空中，用最後的力氣大聲喊道：

「殺！」

一聲令下，六千御林軍氣勢雄渾，士氣高漲，勢如猛虎，直接衝向叛軍，與之決戰……

在叛軍形成包圍前，馬超帶著一百騎兵從西門急速趕往東門，祝公平先前的傳話，讓他感到自己的妻子、弟弟、妹妹等人都落在了高飛的手裡。如今父親身陷重圍，家人又落在別人的手中，**他感覺自己彷彿被整個世界拋棄了，是那麼的孤獨和無助。**

黑夜像是穿上了喪服，將人籠罩在這陰暗的空間裡，馬超策馬奔馳，回頭望了一眼西門，見那邊火球仍舊不斷的被拋射進來，御林軍所站在的方位儼然成了打擊的目標，那一帶火光沖天，他隱約聽到喊殺聲，那悲壯的淒鳴聲，不禁潸然淚下。

扭過頭，他的眼中充滿了仇恨，怒火中燒，暗暗發下誓言，此生必然要將這夥背叛他的人全部誅殺。

他知道，他的父親是絕對回不來了，在父親選擇留下的那一刻，他就知道結果了，定然會不死不休。

前路漫漫，卻沒有目的，他該何去何從。

馬超十歲因誅殺董卓成名，短短五年間，更是聲名赫赫，去年因為攜帶大軍爭奪中原，一時間中原風起雲湧，變化莫測，雖然最後以失敗告終，卻讓天下人記住了馬超的名字。

這幾年的輝煌，使得馬超性格太過自大，而他本身勇猛無匹，更讓他目空一切。可是今天，又一次慘遭失敗，受到眾人的背叛。

他不明白，為什麼他辛辛苦苦打下來的江山，卻讓人就這樣奪走了，他自認為對那些背叛他的人不薄，到頭來卻是這樣的一個結果……

失落，彷徨，憤恨，此時交織在他的心裡，**在血與火中，註定了他的命運是多舛的，先天的性格缺陷，也導致了他的失敗**，他只不過是呂布的一個縮影，輝煌一時，卻終究要落得個一敗塗地。

馬蹄聲一直在耳邊迴盪，馬超策馬狂奔，很快便跑到了東門，看到長長的難民川流不息的向城外湧去，他的心裡不禁蒙上了一層陰影。

他看到許多人的眼裡都帶著恨意，讓他猶如熱鍋上的螞蟻，不得不掩面羞愧而去。

東城門邊。

高飛還在指揮著百姓撤離，由於控制著了那個羌人渠帥，所以那六千多羌人騎兵都遠遠地望著。

時間一久，羌人懶散的性格就暴露了出來，紛紛下馬坐在地上，在空地上升起火堆，烤著隨身攜帶的羊肉，倒是將他們的渠帥放在一邊不顧了。

高飛聽到馬蹄聲響起，心中一驚，極目望去，見夜色中，馬超帶著一百名騎兵趕了過來，長安的百姓都紛紛讓開一條道路，對馬超等人甚是畏懼。

「哈哈！我就知道你一定會來的。」高飛看到這一幕，喜笑顏開地說道。

馬超勒住馬韁，收起一槍便刺向高飛，祝公道、祝公平距離高飛甚遠，想救都無法救，驚呼道：「主人！」

高飛看見馬超的長槍刺來，不躲不閃，臉上帶著笑容，站在那裡一動不動，目光卻緊緊盯住了馬超。

槍尖刺向高飛的喉嚨，在距離高飛喉嚨還有一公分的位置突然停住，馬超將出槍的力道把握的十分準確。

祝公道、祝公平二人急忙拔出長劍，朝馬超刺了過來。

馬超將長槍向前推進了一公分，抵住高飛的喉嚨，對祝公道、祝公平大聲喝道：「都別動，誰動一下，我就殺了他。」

祝公道、祝公平當即止住行動，憤恨地望著馬超，在心裡暗暗地罵了一遍。

高飛鎮定地對祝公道、祝公平道：「你們退後，他是不會殺我的。」

馬超道：「你怎麼知道我不會殺你？」

「因為你還有些事情放不下，你有話要問我。」高飛那雙充滿智慧的雙眼，看到了馬超雙眸深處的疑惑和不安，很有自信地說道。

馬超怔了一下，問道：「我問你，你把我的愛妃，還有我的皇弟和皇妹都怎麼了？他們現在何處？」

高飛道：「這個時候，他們應該還在去霸陵的路上。」

「你想將他們怎麼樣？」馬超問道。

「不想怎麼樣，只要你願意跟我走，你們就能團聚！」

馬超根本不知道，高飛並沒有控制他的家人，但是以馬超的腦袋和性格，他無論如何都不相信高飛沒有控制他的家人，在他看來，是高飛控制住了他的家人來要脅他。

「我跟你走？去那裡？」馬超狐疑問道。

「當然是回華夏國了，**我可以封你做一個將軍，給你兵馬，讓你討回你現在失去的一切！**」

「哈哈哈……你想讓我歸順你？休想！我可是秦國的太子！我還有四萬兵馬分別屯在武都和漢中，只要我振臂一呼，光復長安，掃平賊寇指日可待！」馬超嗤之以鼻地道。

「哦？是嗎？此去漢中關山阻隔，最快到達也要幾天時間，而且叛軍已經切斷了和漢中的聯繫。叛軍中有曹操參與，我相信，他必然不會蠢到放你去漢中和武都，只要你敢去漢中，也許就會在路上把你伏擊了，到時候，你和你的家人都會死無葬身之地！」

馬超怔了一下，他引狼入室，恨曹操無比，可是如果不是楊修、陳群和曹操勾結在一起，曹操無論如何都不會有這種反叛的實力。

他笑道：「你說得不錯，你現在在我手上，你是華夏國的皇帝，我挾持了你，就可以要脅你的臣子，我也來個借雞下蛋，哈哈哈……」

「哈哈哈……」高飛也大笑了起來。

馬超臉上一陣抽搐，問道：「你笑什麼？」

「我笑你的想法太過簡單了，我的臣子可不像你的臣子。你可以挾持我，但是絕對達不到那種目的。你想借雞下蛋，只怕是萬難。」

「你……那我就殺了你，一了百了！」馬超恨恨地道。

「殺了我，你現在就會死無葬身之地，再說，我死了對你沒有什麼好處，反而，**我活著，對你才是大大的好處**。」高飛笑道。

馬超尋思了半天，覺得高飛說得很有道理，便道：「帶我去霸陵，從現在開始，你就是我的俘虜了！」

「俘虜？哈哈哈……」高飛狂笑不止。

「你笑什麼？有什麼……」馬超被高飛的笑聲弄得心裡發慌。

不等馬超的話問完，冰冷的劍刃便抵住他的後心，祝公道不知道什麼時候出現在馬超的身後，如此的神出鬼沒，讓馬超一陣驚嚇。

「別動！動一下，就要你的命！」祝公道威嚇道：「放開我主人！」

馬超冷笑一聲，道：「大不了同歸於盡！」

高飛道：「馬孟起，**如果我們兩個都死了，誰來幫你報仇？難道你被那麼多人背棄，你就不想報仇了嗎？還有，你的新婚妻子和你的幾個弟弟、妹妹，都在霸陵等著你呢，你死了，他們怎麼辦？**」

「你……」馬超陷入了沉思。

高飛抬起手，撥開抵在他喉嚨的長槍，然後對祝公道道：「不得對他無禮！」

祝公道撤去長劍，騰空躍起，身子凌空飄落，此等輕身功夫，加上神出鬼沒的本領，東漢末年第一劍客的美名確實非同凡響。

祝公道本名叫王越，從遼東到浩瀚無垠的西部大漠橫行無忌，縱橫天下十多載，罕逢對手。後來在皇宮中因保護張讓，和高飛等人激鬥，結果高飛沒殺他，反而放了他。他自己斷手盟誓，從此之後，王越不再存於天地間。

如今，已經過了好幾年，王越雖然斷了左手，但是對他來說沒啥影響，化名為祝公道後，重新開始新的生活，能夠巧遇高飛，是冥冥之中早已註定的。

就在剛才，馬超和高飛對話的時候，祝公道神不知鬼不覺地趁馬超不注意，到了馬超的背後。

馬超對祝公道頗為忌憚，這個人實力遠在他之上，心知一旦被祝公道近身，他就很危險。

「你不把我捆綁起來當做俘虜帶回去？」馬超疑惑地看著高飛，不明白高飛為什麼要讓祝公道放開他。

高飛道：「得到你的人，得不到你的心，帶回去也是個麻煩。如果你想歸順我的話，到時候自然會來找我，**因為只有我，才能幫你報仇**。」

馬超不知道為什麼，突然覺得高飛令他有些看不透，他不明白，這個曾經是他認為的死敵，竟然對他這麼好。

他將這份情默默地記在心裡，問道：「你當真沒有控制住我的家人？」

「沒有。」高飛一本正經地說道。

「他們真的在霸陵？」馬超又問道。

「是的！」

「我就信你一次，我現在就去霸陵，咱們後會有期！」馬超在馬上抱拳道。

高飛主動讓開道路，朝馬超拱手道：「希望下次再見的時候，你是帶著你的家人來歸順我的！」

馬超皺了一下眉，帶著身後的一百騎兵，浩浩蕩蕩的朝霸陵方向去了。

「主人，你就這樣放了他，他以後會不會與主人為敵？」祝公道問。

「呵呵，馬超會回來找我的，只有我這裡，才是他的歸宿！」高飛老神在在地道。

「主人，那我們現在還待在這裡嗎？」祝公道問道。

「此處已經不值得我留戀了，現在當務之急是儘快趕回華夏，調兵遣將，乘機奪下潼關，以作為西征的前線陣地！」高飛道。

太陽剛從東山露出臉，射出道道的強烈金光，藐視那層淡霧的不堪一擊。蔚藍色的天空上，沒有一絲雲彩，越發顯得它的深邃無邊。

經過一夜的激戰，長安城中已經停止戰鬥，一座座被破壞點燃的民房還冒著尚未熄滅的火光與濃煙，狼藉遍地的屍體，堆積如山。

鮮血幾乎浸透了這裡的每一寸土地，形成了一大片令人作嘔的暗紅色泥沼，無數殘缺不全的肢體、碎裂的頭顱橫七豎八地散落在暗紅色的泥沼四周，空氣也似乎凝固不動了，只是其中充斥著一股嗆鼻的焦臭與濃重的血腥味。

叛軍的士兵正在搬運著屍體，將一具具殘缺的屍體全部堆放在一起，六千具御林軍的屍體堆得像一座小山，血水足可以漫過人的腳踝。

「吧嗒……吧嗒……」

曹操每向前走一步，腳下的戰靴就攪動一下地上的血水，發出了極為規律的響聲。他的手中拎著一顆人頭，臉上帶著一絲欣慰，朝著長安城的西門走去，漸漸地遠離了戰場。

出了城門，他看到無數羌人的屍體堆積成了一座小山，數不清有多少，他也不關心有多少，死的人再多，他也並不在乎，甚至巴不得這些羌人全部死光光。

曹操大步流星地走到臨時搭建的大帳中，所有叛軍的頭目都在，他部下的文武也都在，他將手中的人頭高高舉起，臉上掛滿了笑容，什麼話都沒說。

「萬歲！萬歲！萬歲！」曹操的部下齊聲高呼道。

叛軍的頭目聽了心裡都不好受，可是誰都不敢說半個不字，靜靜地等在大帳中，看著曹操一步步逼近。

「把馬騰的人頭懸掛在長安城的城門上！」曹操走到大帳邊上，將手中的人頭遞給侍衛後說道。

侍衛拿了人頭，應聲便走。

曹操回到大帳內，環視了一眼眾人，道：「大家一夜未睡，想必都很累了。可是，現在不是睡覺的時候。別忘了，高飛到現在還沒抓到，只知道他朝東逃走了。剛才有負責堵截南門的羌人來報，說他們的渠帥在昨天晚上被擄走了，六千多騎兵就那樣乾坐著等了一夜，我想，這必然是高飛幹的，所以，現在當集結所有兵力，就是掘地三尺，也要把高飛給我挖出來！」

「這個時候去追，只怕已經來不及了，何況高飛是華夏國的皇帝，怎麼可能會不帶兵？說不定在路上埋伏好了，就等我們去追，然後伏擊我們呢！」羌王那良道。

「嗯，你說得不錯。不過，高飛可是華夏國的皇帝，殺了他，就能趁機奪取中原，難道你不想去中原居住嗎？」曹操笑著對那良道：「昨夜是我不對，太過強橫，以武力作為要脅。不過我那也是為了攻取長安嘛！**只要你能殺了高飛，我稱霸中原，你就是這西北的皇帝，咱們兄弟平分天下，如何？」**

那良聽後，急忙道：「此話當真？」

「君子一言，駟馬難追！」

「好，我親自帶兵去追高飛，只是，我沒有見過他，如何知道哪個人是高飛？」那良問道。

「這個好辦，可以讓我部下許褚、夏侯惇、夏侯淵、曹仁、曹洪一同隨你前去，他們都認識高飛，又都是一流的猛將，可助你誅殺高飛。」曹操聞言道。

「好！就這樣定了，那我現在就去調兵！」

那良見有利可圖，好了傷疤忘了疼，竟然將曹操昨晚如何對他忘得一乾二淨，轉身便走出了大帳，站在大帳旁的許褚也並未攔他。

曹操見那良走後，當即將許褚、夏侯惇、夏侯淵、曹仁、曹洪五將叫到帳外，吩咐道：「此去跟隨那良誅殺高飛以及逃竄的馬超，不管成敗如何，那良都不能活著回來！」

許褚、夏侯惇、夏侯淵、曹仁、曹洪五人對視一眼，心照不宣，點頭道：「末將明白！」

「去吧！」曹操擺手道。

昨夜的激戰，馬騰帶著六千御林軍死戰，由於上下一心，都抱著必死的決心，所以戰鬥力猛漲，一時間竟然將曹操的部下殺死了大半。

馬騰本人也是勇不可擋，帶著一千御林軍的騎兵硬是將許褚、曹仁、曹洪給逼得節節後退，後來若不是曹休帶著五百鐵甲騎兵衝了過來，擋住馬騰的攻勢，只怕許褚、曹仁、曹洪非要被馬騰逼死不可。

激戰時，曹休輕敵，去攻擊馬騰本人，結果被馬騰一槍刺中肩窩，登時從馬背上摔了下來，摔斷了腿，被部下救走，若非救治及時，恐怕小命不保，到現在還在養傷。

再後來，夏侯惇、夏侯淵齊攻馬騰，總算壓制住馬騰的鋒芒，許褚、曹仁、曹洪又開始反攻，眾人合力，才將馬騰圍住，最後被曹洪一刀斬殺，梟其首，獻給了曹操。

馬騰死後，其部下御林軍盡皆死戰不降，曹操本部傷亡慘重，只得換羌人騎兵上陣，因為沒有馬超在，所以羌人騎兵發揮了其優勢，和御林軍激戰半夜，這才徹底將所有御林軍圍困至死。

想起昨夜殘酷的戰鬥，曹操仍是心有餘悸，因為當時他親臨前線指揮，差一點被馬騰突破了防線。

不過，馬騰死了，最終受益的人就是他了，**他現在要為自己掌握大權掃平一**

切障礙，首當其衝的就是羌王那良，此人不死，羌人就會成為威脅。

曹操回到大帳中，留下了陳群和楊修後，便讓其餘人跟隨自己的部下去休息。說是去休息，其實就是拉到一個沒人的地方就地解決，再編造一個謊言，說是死於戰亂。

大帳內，只剩下曹操、陳群、楊修三個人。

曹操看了眼陳群，「刷」的一聲拔出腰中佩戴的倚天劍，輕聲問道：「司空大人，我這把家傳寶劍傳說殺人不見血，一劍下去，絕對不會出現半點血絲，我從未用這把劍殺過人，不知道情況是否屬實，所以，我想請你試一試，不知道司空大人意下如何？」

陳群是個聰明人，一聽這話，便知道曹操要做什麼，當即道：「我死不足惜，只是家中老父還需要有人照料，我聞聖人之君不毀人家室，希望曹大人能夠善待家父，長文就是在九泉之下，也很滿足了。」

「哈哈哈……司空大人說的這是什麼話！以司空大人之高才，我怎麼捨得殺司空大人？何況，沒有司空大人，就不會有今天的反叛聯盟，我感激司空大人還來不及呢。」

曹操邊說邊走到陳群的面前，將手中的倚天劍交給陳群，說道：「我請你試試這劍，並非是用你試劍。」

陳群沒有接過倚天劍，他知道曹操在打什麼算盤，如果自己接劍，曹操肯定會將自己斬殺了。

他搖搖頭道：「我手無縛雞之力，這劍看似笨重，恐怕我無法拿起。」

他說的倒是一點不假，陳群雖然是個儒生，但是六藝不全，射箭都不行，更別說是擊劍了。就連他的騎術也是很蹩腳，一般情況下，他都坐轎，不騎馬。即使騎馬，周圍也要有人護衛著，否則他還真不敢騎，害怕從馬背上跌下來。

楊修在一旁看得仔細，知道**曹操這是在試探陳群**，也知道陳群必然有辦法避過，所以站在那裡一動不動。

曹操聽後，呵呵笑道：「很好，既然如此，那我就讓別人試吧。對了，司空大人，現在雖然奪取了長安，但是長安已經滿目瘡痍，馬超尚在潛逃，萬一逃入漢中，必然會成為大患。請問司空大人，可有什麼破敵的計策嗎？」

「楊德祖不是已經讓人去假傳聖旨了嗎？」陳群道。

「嗯，可是我想聽聽你的意見。」

「武都、漢中二地，以漢中最為緊要，漢中地處益州和關中的交界處，當年張魯從張修手中接過五斗米道，漸漸地將漢中據為己有，自封漢中太守，並且稱侯、稱王。後來是馬超帶兵攻下了漢中，收服其部眾，將漢中劃入秦國版圖。當年張魯等人都是酒囊飯袋，占盡地利優勢還能被攻下，實在不足為慮。

「只是，索緒這個人是涼州上士，文武雙全，敦煌索氏名冠涼州，索緒更是索氏中的佼佼者，雖然之前對馬超略有不服，但是後來也漸漸傾心。如果馬超事事都聽索緒的話，只怕中原大戰也不至於會一敗塗地。要想奪取漢中，必須先收服索緒。」陳群緩緩地道。

「那該如何收服此人？」

曹操曾經見過索緒這個人，索緒給他留下了深刻的印象，他聽說索緒幾次三番勸說馬超被拒的事情，深感索緒是個行軍打仗的人才，所以也有心想收服此人，這才問道。

「**殺人誅心！**」陳群想了半天，才說出了這四個字。

「殺人誅心？」曹操狐疑地道。

陳群點點頭道：「索緒是員良將，然要讓他歸附，必須要讓他從內心裡歸附，否則，他寧可死，也不會投降。」

「那以你之見，當如何是好？」曹操問道。

「索緒一族盡皆在敦煌，雖然楊德祖已經假傳聖旨去徵召張繡、索緒二人，但我料索緒必然不會受此迷惑，張繡會來，索緒就不一定會來。相反，此人心思縝密，就是一頭狼，只要聞到一點血腥味，就會循著血腥味追過來。以我猜測，索緒已經帶著兵馬，在來長安的路上了。」陳群道。

曹操皺起了眉頭，叛軍已經在這裡激戰了一個晝夜，早已是人困馬乏，如果這時索緒帶著駐守漢中的兩萬人直接撲上來，他很難抵擋。漢中、武都兩地都是用來抵禦蜀漢的精銳之師，戰鬥力甚至比御林軍還要強。

他擔心地問道：「那良帶著兩萬羌騎去追高飛了，這個時候如果索緒突然殺到，只怕難以抵擋，司空大人，你對索緒十分的瞭解，可有什麼辦法嗎？」

「我願意親自去面見索緒，說服他來降。」陳群道。

「此話當真？」曹操眼中迸出一絲喜悅。

陳群道：「請相信我，我陳氏一族盡皆在長安城內，如果我真的想借助索緒予以反擊的話，我陳氏一族將不復存在，魏侯還有什麼好擔心的？」

曹操知道陳群有長者之風，以維護家族利益為主要，必然不會公然反對他，點點頭道：「你誤會我了，此戰過後，長安的恢復問題上還需要你們的協助，我曹操對於秦國百姓來說，不過是客居於此，許多事情還需仰仗兩位。」

陳群心裡很清楚，**到了這個地步，曹操已經完全凌駕在他的頭上了**。經過這件事，**也讓他看清了一個人的本質，他心裡已經做了決定，從此以後，和楊修斷絕一切關係。**

他向曹操抱了一下拳，當即說道：「魏侯，那我這就啟程了。」

曹操道：「我讓曹真與你一同隨行……」

「不用了，我一個人足矣。」

話音一落，陳群轉身就走。

楊修急忙追了出去，叫道：「長文……長文……」

陳群停下腳步，冷冷地道：「不知道河南侯有何要事？」

楊修聽陳群話音冷漠，不禁道：「長文，你怎麼……」

「我還有事情要做，就此告辭。」陳群說完，拔腿便走。

楊修怔了一下，他知道陳群為何會這樣了。看著陳群遠去的背影，心中暗道：「長文，你別怪我，我這也是為了整個楊氏家族……」

曹操在大帳門口站著，看著陳群遠去，楊修站在外面，這兩個人在他心裡，相較之下，他比較喜歡陳群，**楊修的聰明有點過頭了**，礙於現在的形勢，他才沒有殺楊修，但是在他心裡，他已經將楊修視為是一個待死之人，只是時間早晚的問題。

高飛、祝公道、祝公平等二百餘人一起護送著百姓前往霸陵，由於百姓的步伐較慢，對高飛來說，他必須儘快離開秦國境內，他的身分已經暴露，只要他在秦國境內一天，就多一份危險。

天色大亮後，高飛騎在一匹戰馬上，正在急速的趕路，身邊祝公道、祝公平護衛，身後二百餘騎隨行。

這些馬匹，都要感謝那名羌人的渠帥，如果不是他，高飛等人就得用腳走路。所以，為了答謝那名不知道姓名的羌人渠帥，高飛好心地將他五花大綁了起來，然後丟在路邊的一個小樹林裡。

難民潮十分的龐大，單單長安城內就有近十萬百姓，通往霸陵的路上，難民排成了長長的人龍，行走十分的緩慢，有的人走不動了，就坐在路邊歇息，有些人乾脆趁機脫離了大部隊，走小路去鄉下投靠親友。

巳時的時候，那良率領著兩萬羌騎從後面追了上來，許褚、夏侯惇、夏侯淵、曹仁、曹洪五個人緊緊跟隨在那良的身後。

那良看到前面的難民堵住道路，殺心大起，叫囂道：「全都給我聽著，凡是擋路的，全部予以誅殺，一個不留，搶到的財物，盡歸自己所有……」

「羌王！」曹仁急忙叫了起來，打斷那良的話，「此事萬萬不可！」

「有什麼不可以的？」

那良野性難馴，畢竟不是漢人，看見這些長安的民眾都攜帶著財物，登時起了歪心。

「這些都是從長安城裡逃出來的民眾，是普通的老百姓，我們不能這樣對待。」曹仁道。

「我說可以就可以，不殺了他們，我們怎麼追得上高飛？」那良叫道。

「羌王！只需讓他們讓出道路即可，他們都很畏懼偉大的羌王，見到羌王來到，必然會主動退到兩邊的，這件事交給我來做，如同他們給我們讓出一條道路來，還請羌王手下不要任意殺戮！」曹仁道。

「好！」那良點點頭。

曹仁當即對許褚道：「仲康，你去前面喊話，讓他們讓開一條道路，不然的話，統統得死！」

許褚「諾」了一聲，當即策馬向前，深吸一口氣，大聲地喊道：「前面的人都給我聽著，迅速讓開一條道路，全部退到道路的兩邊，不然的話，你們統統得死！」

百姓們本來見到羌騎來了，都慌不擇路，一時間混亂不堪，如今許褚一聲巨吼之後，大家聽了，紛紛從寬闊的大路上向兩邊逃竄。

百姓們像是得了瘟疫一樣，傳播速度非常快，後面的人傳向前面的，不多時，擁堵不堪的道路登時變得空無一人，剛好可以讓大批騎兵隊伍通過。

曹仁看後，心中甚是滿意，這些百姓都是無辜的，有了徐州的前車之鑒，曹仁又怎麼敢讓羌王在這裡任意殺戮呢，**如果關中變成了第二個徐州，那他們復國還有什麼意義？**

那良見眾人散開之後，雖然心中很不爽，但是前面已經答應過曹仁了，也只好硬著頭皮，吩咐手下不要任意殺戮，甚至連財物都不准搶。

騎兵隊伍滾滾向前追去，那良一馬當先，其餘人緊隨其後，捲起的灰塵遮天蔽日，萬馬奔騰的氣勢甚是雄渾，一路向前追去。

請續看《三國疑雲》第十卷 武學奇才

三國疑雲 卷9 關山飛渡

作者：水的龍翔
發行人：陳曉林
出版所：風雲時代出版股份有限公司
地址：10576台北市民生東路五段178號7樓之3
電話：(02) 2756-0949
傳真：(02) 2765-3799
執行主編：朱墨菲
美術設計：吳宗潔
行銷企劃：林安莉
業務總監：張瑋鳳

初版日期：2022年7月
版權授權：蔡雷平
ISBN：978-626-7025-44-4

風雲書網：http://www.eastbooks.com.tw
官方部落格：http://eastbooks.pixnet.net/blog
Facebook：http://www.facebook.com/h7560949
E-mail：h7560949@ms15.hinet.net
劃撥帳號：12043291
戶名：風雲時代出版股份有限公司

風雲發行所：33373桃園市龜山區公西村2鄰復興街304巷96號
電話：(03) 318-1378
傳真：(03) 318-1378
法律顧問：永然法律事務所 李永然律師
北辰著作權事務所 蕭雄淋律師

行政院新聞局局版台業字第3595號 營利事業統一編號22759935

定價：290元

國家圖書館出版品預行編目資料

三國疑雲 / 水的龍翔著. -- 初版. -- 臺北市：風雲時代出版股份有限公司, 2022.01- 冊； 公分

ISBN 978-626-7025-44-4（第9冊：平裝）--

857.7 110019815